Angsttier

Lola Randl

Angsttier

Roman

Matthes & Seitz Berlin

*Da wurde seine Reue so groß,
dass ihm Zorn und Tobsucht ins Hirn schoss.
Er vergaß Anstand und Erziehung,
zerrte sein Gewand vom Leib, bis er völlig entblößt war.
So lief er über das Gefilde nackt in die Wildnis.*

Iwein von Hartmann von Aue

1

Wenn man Eiszeit sagt, meint man meistens eigentlich Kaltzeit und wenn man ehrlich ist, weiß kein Mensch, wann und wie Kaltzeiten entstehen.

Zuerst wurden die Sommer nur ein bisschen kühler, aber hundert Jahre später waren sie dann schon richtig kalt und bald froren nicht nur die Seen, sondern auch die Flüsse zu und tauten nicht wieder auf. Mit jedem Niederschlag, der meist als Schnee fiel, wurde die Schicht ein bisschen dicker, und weiter oben im Norden waren manche Eisplatten schon kilometerdick.

Die Straße ging jetzt schon eine gefühlte Ewigkeit immer geradeaus durch einen Kiefernwald. Nicht einmal eine Gelegenheit irgendwohin abzubiegen gab es, und so fuhren sie immer weiter und Jakob redete ohne Unterlass.

»Alles ist flüssig«, sagte er und machte eine kleine Kunstpause, um seiner Behauptung die richtige Wirkung zu verleihen. »Also natürlich ist nicht alles flüssig, aber die Gletscher schon.« Er beschrieb, wie sich die mächtigen Eisschilde nach Eurasien hineinschoben, wie sie durch die Gebirge flossen, sich in die Ebenen und in die Meere ergossen und alles unter sich begruben, was sich ihnen in den Weg stellte. Bäume, Sträucher, die Hütten der Ureinwohner, einfach alles wurde zermahlen. Nur die großen Steine widersetzten sich ihrem Untergang und schliffen sich zu runden Kugeln ab.

Friedel hatte schon Schwierigkeiten, sich das vorzustellen. »Wie kann etwas Flüssiges so stark sein?«, fragte sie und machte Jakob damit glücklich.

Eigentlich war es ganz erholsam, dass es mal nichts zu sehen gab, keine Häuser, über die man sich begeistern konnte, keine Grundstücke oder verlassene Höfe. Sonst schauten sie immer nach rechts und nach links, fuhren langsamer oder sogar nochmal zurück. Sie liebten es so übers Land zu fahren und zu fantasieren, wo man leben könnte, aber auf die Dauer war es auch ein bisschen anstrengend.

Als sie schon gar nicht mehr daran dachten, machte die Straße eine Kurve, ging bergab und nach einer weiteren Kurve, als es wieder bergauf ging, lichtete sich der Wald und der Blick auf eine weite, hügelige Landschaft tat sich auf. Vielleicht lag es an dem endlos monotonen Waldstück, aber dieser Anblick schien Jakob das Zauberhafteste, was er seit Langem gesehen hatte. Die Landstraße war größtenteils mit Kopfsteinpflaster belegt und rechts und links von uralten Bäumen gesäumt. Die Felder ringsum wurden immer wieder von Baumgruppen und Büschen unterbrochen und an den Wegrändern lagen Ansammlungen von großen Steinen. Dieses Szenarium kam ihnen im ersten Moment ganz unwirklich vor, ganz anders als die gewohnte Kulturlandschaft mit ihren rechteckigen Flurstücken, und Jakob dachte wieder an die Eiszeit, oder vielmehr Kaltzeit, deren letzte Ausläufer diese Gegend geformt hatten.

Das erste Dorf, in das sie dann kamen, schien ein ganz normales Straßendorf zu sein und fast wären sie einfach nur durchgefahren, aber dann entdeckte Jakob eine kleine Kirche, die komplett aus den Steinen gebaut war, die hier überall herumlagen. Während Jakob das alte Gemäuer inspizierte, wollte Friedel sich den Dorfladen ansehen. Auf der Infotafel an der Kirche war vom Abdruck einer Tatze die Rede, die in einem der Steine über dem Eingang zu finden sein sollte. Weil die Tatze nur drei Zehen hatte, war den Menschen klar, dass es sich um einen Abdruck des Teufels handelte, der die Kirche zum Einsturz hatte bringen wollen. Weil aber die Gläubigen in der Kirche inbrünstig gebetet hätten, musste der Teufel schließlich aufgeben. Jakob war ein paar Schritte zurückgegangen, um den Abdruck zu suchen, aber noch bevor er ihn finden konnte, winkte Friedel ihn zu sich rüber.

Liebe Mutter,

Du wirst es nicht glauben: Wir ziehen aufs Land! Ja, Du hast ganz richtig gehört. Unsere Tage in der Stadt sind gezählt, und warum auch nicht. Ich kann ja schreiben, wo ich will, und Friedel macht jetzt auch immer mehr Homeoffice und muss nur noch ganz ab und zu in der Agentur sein. Schon die Ausflüge am Wochenende sind ganz wunderbar und die Zeit zusammen ist ein schöner Vorgeschmack darauf, wie es einmal sein wird, wenn wir erst das Richtige gefunden haben. Vielleicht trete ich sogar in die freiwillige Feuerwehr ein, oder in den Angelverein. Da wunderst Du Dich über Deinen Jungen, dass ich mal so etwas mache, stimmt's?

Dein Jakob

Auf den Immobilienportalen waren die Preise für Häuser, die nicht allzu weit von der Stadt entfernt waren, bereits ins Astronomische gestiegen. Ihre einzige Chance, noch etwas Erschwingliches zu finden, war herumzufahren, sich durchzufragen und darauf zu hoffen, irgendwann auf ein Haus zu stoßen, das noch ganz frisch zu verkaufen oder aus irgendwelchen anderen Gründen noch unentdeckt geblieben war. Die Leute hier auf dem Land waren allerdings von Natur aus eher redefaul, um nicht zu sagen abweisend. Es war also unerlässlich, die Initiative zu ergreifen, und jetzt kam ihnen zugute, was Jakob in der Stadt manchmal ein bisschen auf die Nerven ging: Friedels offene und zugewandte Art.

Der Laden war in einem flachen Anbau aus den sechziger oder siebziger Jahren untergebracht, der sich an ein unscheinbares Arbeiterhaus mit grau-braunem Putz lehnte. Als Jakob dazukam, erzählte der Ladenbesitzer gerade etwas über eine Softeismaschine, die sich nicht mehr lohne, sodass er jetzt immer eine ganze Ladung in Plastikschälchen rauslasse und in den Tiefkühler stecke. Während sie auf dem steinhart gefrorenen Maracuja-Softeis herumkratzten, erzählte der Mann weiter, dass er die Woche über mit einer Kernbohrfirma in der Stadt arbeite. Jakob wusste wirklich nicht, warum Friedel ihn herübergewunken hatte, sie schien aber ganz in ihrem Element zu sein und kitzelte aus dem Dorfladenbesitzer noch heraus, dass er um halb fünf

Uhr früh mit drei anderen zusammen losfuhr, um dann ab sieben auf einer Großbaustelle Löcher in Beton und Steinmauern zu schneiden. Jakob musste sie erst mit einem kritischen Blick fixieren, um ihr ihre Mission wieder ins Gedächtnis zu rufen. Als sie dann noch erfahren hatten, dass der Mann hauptsächlich Schnaps an die Säufer verkaufte, die keine Fahrerlaubnis mehr hatten, hakte Friedel endlich nach, was denn das für ein Haus sei, von dem er anfangs gesprochen hatte, und ob sie da vielleicht mal hinfahren könnten. Der Mann stockte und schien zu überlegen, dann ruderte er zurück. Es sei doch ganz schön runtergekommen und auch ziemlich abgelegen, mit nur einem anderen Haus gegenüber. Die meisten würden dort nicht wohnen wollen. »Aber warum denn?«, tat Friedel unbesorgt und versicherte, dass sie sowieso viel selbst machen wollten und die Ruhe dringend benötigten. Der Mann zuckte nur mit den Achseln. »Von mir haben Sie das aber nicht«, sagte er und beschrieb ihnen den Weg.

Sie mussten noch ein Dorf weiter fahren, dann einen abschüssigen Hohlweg hinunter, der mit Betonplatten belegt war, und weiter bis zu den beiden letzten Häusern, bevor der Weg in den Wald abbog. Sie parkten mit etwas Abstand und spazierten dann ganz unauffällig am Haus vorbei, quer über eine Wiese, eine Anhöhe hinauf. Wenn man sie so sähe, wäre natürlich völlig klar, was sie vorhatten, dachte Jakob.

Sie kamen auf eine Lichtung und setzten sich jeder auf einen Baumstumpf. Von hier aus konnten sie das ganze Dorf überblicken. Es bestand aus ungefähr zwei Dutzend Häusern, drumherum erstreckten sich die Felder. Es war ein sonnenklarer warmer Frühlingstag und am Horizont konnte man auch noch die nächste Ansammlung von Häusern, das nächste Dorf erkennen. Jakob atmete tief ein und hielt die Luft an. Wie würden sie am besten vorgehen? Sollten sie sich gleich offenbaren oder erst irgendwann im Laufe des Gesprächs auf das Haus zu sprechen kommen? Er war davon ausgegangen, sie würden das jetzt ganz genau beratschlagen, aber Friedel breitete die Arme aus und rannte einfach los, den Hügel hinunter. Offen für alles, was kommt, ohne Skript, ohne Taktik. Was für eine aufgesetzte Geste, diese ausgebreiteten Arme, dachte Jakob. Schlimmer aber war, dass sie ihn hier einfach so sitzenließ. Er spürte einen leichten Groll in sich aufsteigen und hatte nicht wenig Lust, aus Trotz noch eine Weile hier oben hocken zu bleiben, aber was hätte das bringen sollen? Also stand er auf und stapfte ihr hinterher, mit durchgestreckten Knien den Hügel hinunter. Diese etwas ungesunde Art zu gehen verschaffte ihm eine gewisse Genugtuung.

Als sie davorstanden, wirkte das Haus im ersten Moment ernüchternd. Der scharfkantige Spritzputz war zu großen Teilen abgefallen, die Plastikfenster aus DDR-Produktion mit Gardinen verhangen. Am Giebel wuchsen an einem rostigen Metallgitter Rosenbüsche hoch, die schon lange nicht mehr geschnitten worden waren. Alles sah schäbig aus und wirkte wenig einladend. Das Beste war das hügelige Feld, das sich hinter dem Haus erstreckte. In einer der Senken hatte sich Wasser gesammelt und es war ein kleiner Teich entstanden, auf dem etwas verloren zwei Schwäne schwammen. Wie groß diese Tiere doch waren, oder war nur der Tümpel so klein?

Ohne zu zögern, hatte Friedel den Knopf der Funkklingel gedrückt, der auf den glänzenden Edelstahlbriefkasten geklebt war. Kurz darauf bewegten sich die Gardinen, aber die Person dahinter wollte sich offensichtlich nicht zeigen. Jakob wäre in diesem Moment zurück zum Auto gegangen, aber Friedel klingelte gleich noch zweimal hinterher. Nicht viel später kam tatsächlich eine alte Frau hinter dem Haus hervor, tat aber eher so, als ob sie zufällig nach vorne käme und nicht weil Friedel geklingelt hatte. Ihr Strickoberteil, mit einem für ihr Alter recht großen Ausschnitt, hatte sie in die gesprenkelte Freizeithose gesteckt und diese so weit es ging nach oben gezogen. Sie wirkte wenig überrascht, dass sie da standen, und schlurfte mit ihren Plastikclogs und einem Eimer in der Hand zu ihnen ans Gartentor. Nachdem Jakob Hallo gesagt hatte und die Frau nicht reagierte, war er etwas aus dem Konzept gebracht, das es ja gar nicht gab. Vor allem aber lenkte ihn die Bewegung im Eimer ab, den die Frau hinter dem Türchen abgestellt hatte. Als er genauer hinsah, erkannte er, dass das Gefäß voller Schnecken war. Einige krochen bereits oben auf dem Rand herum, die anderen, weiter unten, waren nur ein matschiges Bündel aus Gehäusen und Kriechfüßen.

»Fressen wohl das Gemüse?«, fragte Jakob, um die Konversation doch noch in Gang zu bringen.

»Sind für die Enten«, antwortete die Frau knapp und schien damit das Gespräch schon wieder beenden zu wollen. Jetzt war es gut, dass Friedel die Führung übernahm und loslegte, wie toll doch das Haus sei und dass der nette Ladenbesitzer ihnen gesagt habe, dass es vielleicht zu verkaufen ist. Und überhaupt, dass sie ein junges Paar seien, ihr Leben radikal verändern wollen, sich niederlassen und so weiter und so fort, das volle Programm.

»Der Makler hat schon wen«, unterbrach die Frau sie in ihrem Redeschwall. Friedel stockte. »Aha, Sie haben einen Makler beauftragt? Dann können wir ja vielleicht auch mal mit dem sprechen.«

»Ich sag doch, der hat schon wen.«

Im Grunde tat Jakob die Frau ein bisschen leid, und er kam sich vor, als wollte er sie vertreiben. Dabei wünschte sie sich wahrscheinlich nichts sehnlicher, als mit einem Batzen Geld endlich für immer von hier zu verschwinden.

»Was für ein schöner Baum, so viele Kirschen«, setzte Friedel neu an und schaute zur üppigen Krone des alten Kirschbaums, der weiter hinten im Garten stand.

»Sauerkirschen. Wollen sie welche?«

Und ob sie welche wollten.

»Dann kriegt das Miststück sie wenigstens nicht«, nickte die Alte in Richtung des Hauses gegenüber.

Auf den ersten Blick sah das Nachbarhaus unbewohnt aus, als ob jemand mitten in der Renovierung aufgegeben hätte. Zwei ehemalige Fensteröffnungen waren mit weißen Steinen zugemauert und bis einen Meter über dem Boden klebte blankes Styropor am Sockel. Eine angelehnte Holzstiege führte ein paar Stufen zu einer Terrassentür hinauf, die in die Wand eingesetzt worden war. Im Kontrast zum Haus war der Rasen frisch gemäht und unkrautfrei, eine kleine Gruppe von Zypressen akkurat geschnitten.

Jakob musste anerkennen, dass Friedel mit ihrem Nichtplan ganz gut gelegen hatte. Zumindest redete die alte Frau jetzt ohne Unterlass, während sie die Kirschen pflückten. Jakob beobachtete von der wackeligen Stehleiter aus, wie Friedel sich bemühte, an den richtigen Stellen zu nicken, und er nickte dann auch und sagte »Ach ja« oder »Mhm«, wenn es ihm passend erschien. Das war gar nicht so einfach, die meisten Geschichten setzten etwas voraus, das sie nicht wussten, oder endeten irgendwo mittendrin. Oft war auch nicht klar, ob etwas nun gut oder schlecht zu bewerten war. Am Ende hatten sie auf jeden Fall mitbekommen, dass die Frau von gegenüber auf immer und ewig in Ungnade gefallen war, während ihr Sohn wohl ein ganz feiner Kerl sei und für irgendetwas nichts konnte, das sich Jakob nicht erschloss. Eine ganze Weile nickten und grinsten sie noch, bis endlich der Eimer so weit mit Kirschen gefüllt war, dass man es vertreten konnte, die Aufgabe als beendet anzusehen. Stillschweigend waren Friedel und er übereingekommen, vorerst nicht noch einmal nach dem Haus zu fragen.

Als Jakob die Kirschen im Kofferraum verstaute und mit ihren Badesachen vor dem Umkippen sicherte, entdeckte Friedel einen Wurf junger Kätzchen, die sich nicht weit von ihrer Mutter entfernt unter einer Hecke kugelten. »Ooch, wie süß!« Friedel hob eines hoch und musste feststellen, dass es das allersüßeste Kätzchen auf der ganzen Welt war.

»Die kommen weg«, sagte die Frau knapp und passte auf, wie Friedel reagierte. Natürlich hatte sie ins Schwarze getroffen und so fuhren sie wenig später zusammen mit dem süßesten Kätzchen über den Hohlweg zurück ins Dorf.

Es war schon erstaunlich, man hatte es Friedel wirklich abnehmen können, dass sie sich für die alte Frau interessierte, aber sobald die Autotüren geschlossen waren, war sie wie ausgewechselt und deklinierte Wörter wie Eigenkapital, Kaufpreisfinanzierung, Bausparvertrag, während sie gleichzeitig mechanisch das Kätzchen streichelte.

Als Jakob einwarf, dass sie ja jetzt auch Miete bezahlten und dass sie mit diesem Geld dann einfach eine Hypothek tilgen würden, wurde sie fast ein bisschen böse. Sie nannte ihn blauäugig und sagte, etwas zu laut, dass eine solide Finanzierung, die auf mehreren Säulen steht, ein zentraler Punkt bei der ganzen Sache sei. Als Jakob sie besänftigen wollte, dass ihnen das Haus ja gar nicht zum Kauf angeboten worden war und die Diskussion deshalb sinnlos, rollte Friedel mit den Augen und schaute demonstrativ aus dem Seitenfenster. Den Rest des Weges fuhren sie schweigend zurück.

Sie hatten bei dem vietnamesischen Allesladen noch Gelierzucker und zwei Dosen Katzenfutter besorgt, und zu Hause machte sich Jakob gleich ans Entkernen der Kirschen. Die Katze, also Erich, wie sie jetzt hieß, beschnupperte argwöhnisch das unbekannte Dosenfutter, dabei war es allerbeste Qualität mit Thunfisch aus dem Nordatlantik. Wenn Erich gewusst hätte, dass er am nächsten Tag auf Biodosen, womöglich sogar fleischlos umgestellt werden würde, hätte er sich vermutlich anders verhalten. Der kleine Kater fixierte Jakob, dieses zweibeinige Riesentier, das mit ihm in die Wohnung gesperrt worden war, und pinkelte los.

Es hatte nicht lange gedauert, bis Friedel den Makler ausfindig gemacht und direkt angerufen hatte. Aus dem anderen Zimmer hörte Jakob sie erzählen, wie gut sie sich mit der alten Frau verstanden hätten und dass sie eine junge Familie wären, die ihr Leben ganz aufs Land verlegen wollten und gewillt seien, dafür einiges zu investieren, wie sie es nannte. Jakob konnte sich schwer vorstellen, dass ihre Ausführungen den Makler am Sonntagabend in irgendeiner Weise interessieren würden.

Das Fruchtfleisch löste sich äußerst widerspenstig von den Kernen, und von der scharfen Säure fingen die Nagelbetten zu brennen an. Die Kirschen waren nicht nur sauer, sondern gallebitter und hinterließen ein taubes Gefühl im Mund. Während Jakob Friedels Gequassel im Hintergrund lauschte, wurde ihm immer klarer, dass sie auf diese Weise keine Chance haben würden. Wenn man den Gang der Dinge noch ändern wollte, bedurfte es anderer Methoden, und er wusste auch, dass weder ihm noch Friedel diese Methoden zur Verfügung standen. Trotzdem weigerte er sich, die letzte Konsequenz aus seinen Schlüssen mit einem Namen zu verknüpfen: Wolfram, oder »Paps«, wie Friedel ihn nannte.

Friedels Familie, also genauer gesagt Wolfram, hatte es in einer westdeutschen Kleinstadt zu gewissem Vermögen und damit Selbstbewusstsein gebracht. Irene, seine Frau, tat das Ihrige, um die gottgegebene Überlegenheit noch etwas zu steigern. Sie hielt ihr Äußeres in Form, rauchte mit spitzen Fingern, pflegte einen abschätzigen Unterton und war auch sonst ein schreckliches Biest.

Friedel war das einzige Kind, und ihre Eltern wollten natürlich nur das Beste für sie. Friedels Eltern verkörperten all das, was Jakob verabscheute. Aber man kann das eine nicht ohne das andere haben. Ohne den Umstand, dass Friedel so überbehütet und ohne die Möglichkeit jeglicher Gefährdung aufgewachsen wäre, hätte sie mit Sicherheit nicht diese unbeschwerte Leichtigkeit, mit der sie sich durchs Leben treiben ließ. Und das war es ja, was Jakob so sehr an ihr liebte: wie sie gegen nichts und niemanden Vorbehalte zu haben schien, alles und jeden mit offenen Armen empfing. Trotzdem, tauschen hätte er nicht mit ihr wollen. In gewisser Weise machte es ihn unverwundbar, immer misstrauisch zu sein, gefasst darauf, dass sich das Leben und die Vorstellung davon mit einem Schlag ändern konnte. Es war ja nicht so, dass seine Mutter nicht versucht hätte, gegen ihr Schicksal anzukämpfen, aber wenn man erst mal auf der falschen Seite ist, kann es schwer sein, den Graben zu überwinden. Ihre Karriere als Tänzerin hatte sie sofort aufgeben müssen, als sie mit ihm schwanger war, und in andere Berufsfelder konnte sie sich nie wieder so richtig einfinden. So hangelte sie sich von einer Männerbekanntschaft zur nächsten und gab die Hoffnung nicht auf, dass endlich mal der Richtige dabei wäre, einer, der es ernst meinte.

Das Handtuch, auf das er die Kirschen ausgekippt hatte, war bereits durchtränkt von dem roten Saft, der überall herumspritzte, nur nicht in den Topf. Er hatte überhaupt keine Lust mehr, sich mit diesen verdammten Kirschen herumzuplagen, schon gar nicht alleine, und stopfte sie zusammen mit dem Handtuch zurück in den Eimer. Obwohl er mit seinen rotverschmierten Händen extra nah an Friedel vorbeiging, um alles zusammen nach unten in die Restmülltonne zu bringen, nahm sie keinerlei Notiz von ihm. Als er zurückkam, wartete sie schon an der Tür. »Verkauft ist es noch nicht«, strahlte sie ihm entgegen. Jakob lächelte etwas gekünstelt. »Du bist ja wirklich der Hammer!«, sagte er und legte ihr die Hände um die Hüften. Das kam ihm aber doch etwas aufgesetzt vor, und er nahm die Hände wieder runter. Der Makler hatte ihr gesagt, dass jemand im Dorf schon länger an dem Haus interessiert sei und es im Grunde nur noch um die Details ging, das hieße aber auch, leitete Friedel daraus ab, dass es noch nicht zu spät sei, was sie ganz euphorisch machte.

Recht unvermittelt nahm sie seine Hand, führte sie an ihren Busen und fing an ihn zu küssen, was ihn daran erinnerte, dass bald Eisprung war. So gut es ging, hielten sie die fruchtbaren Tage ein, thematisierten es sonst aber nicht weiter, weil es ja auch dem modernen Verständnis von Sexualität widerspricht. Trotzdem wirkte der Sex irgendwie unfrei, seitdem es vor allem darum ging, schwanger zu werden. Sicherlich lag das auch an ihm und daran, dass er sich alle Lustgeräusche verkniff. Ganz am Anfang ihrer Beziehung hatte Friedel ihm unmissverständlich klargemacht, dass sein Sperma zusammen mit ihrer Scheidenflora einen unangenehmen Geruch verursacht. Also nicht nur unangenehm, sondern säuerlich, vergoren. Auch wenn sie nie wieder darüber sprachen, bekam Jakob es nicht mehr aus dem Kopf. Er hatte sich seither abgewöhnt, in Friedel zu kommen, und obwohl Friedel zur Verhütung ein Hormonstäbchen im Oberarm trug, spritzte er immer in die Hand ab und wischte es dann in die Unterhose oder ging nochmal ins Bad. Viel besser hätte er es gefunden, wenigstens auf Friedels Bauch oder ihren Brüsten zu kommen, aber so war ihre Beziehung nun mal nicht. Jetzt, wo er gezwungen war, in ihr zu kommen, blieben ihm die Lustgeräusche irgendwie im Hals stecken. Beziehungsweise wollte er nicht den Eindruck erwecken, auch noch Spaß an Friedels Ungemach zu haben.

In diesen Momenten war es unvermeidlich, nicht wieder an Peter zu denken. Peter hatte auch immer versucht, möglichst leise zu sein, wenn er Jakobs Mutter bestieg und Jakob in einem Beistellbett mit im Hotelzimmer lag. Jakob schaute dann an die Wand oder drückte das Gesicht ins Kissen und tat so, als würde er schlafen, bis Peter sich mit gepressten kehligen Geräuschen erleichtert hatte und anfing zu schnarchen.

Ein bisschen schräg war das schon, dachte Jakob, Friedel und er waren eigentlich bisher ganz glücklich gewesen, also ohne Kind, und wahrscheinlich hätten sie auch weiterhin ganz glücklich sein können. Nur war es früher, also noch bevor der Gedanke an ein Kind aufgekommen war, noch erfüllter gewesen, einfach so zu sein, oder erfüllender. Jetzt fehlte auf einmal etwas, das noch nie da gewesen war. Es hätte sich wie ein Verrat angefühlt, sich das Kind auf einmal nicht mehr zu wünschen, so als würde man das Kind, das es ja noch gar nicht gab, im Stich lassen. Dabei war ihnen beiden völlig klar, dass man sich Erfüllung nicht über ein Kind holen konnte, das wusste ja jeder. Vielleicht ging es auch einfach mehr um Vervollständigung als um Erfüllung.

Heute lenkte ihn zu allem Überfluss der kleine Kater ab, der neben dem Sofa die Unterhosen erforschte. Jakob musste aufpassen, nicht zu viel komisches Zeug zu denken und Sachen zusammenzubringen, die gar nicht zusammengehörten. Er machte weiter mit den Bewegungen und kam zu keinem Ende. Dann fielen ihm die kleinen behaarten Eier des Katers ein, die man dicht unter dem Anus sieht, wenn man den Schwanz hochhält. Nur nicht reinsteigern, dachte er, und kam endlich.

Zu den Katzenartigen während der Eiszeit vielleicht nur noch so viel: Die Säbelzahnkatze lebte in Rudeln, die vom dominantesten Männchen angeführt wurden. Nur diesem einen Anführermännchen war es erlaubt, Nachkommen zu zeugen, und sobald ein neues, stärkeres Männchen an die Macht kam, biss dieses die Katzenkinder, die der Vorgänger noch gezeugt hatte, nach der

Geburt tot. Die Frage war natürlich schon, wie der Anführer eigentlich erkennen wollte, dass das nicht seine Kinder waren, wo doch selbst die Menschen den Zusammenhang zwischen Begattung und Schwangerschaft erst recht spät erkannt haben. Die Säbelzahnkatze starb mit der letzten Eiszeit aus, wobei nicht ganz klar ist, warum genau. Es könnte sein, dass die zunehmende Feuchtigkeit und die damit einhergehende Verwaldung ihr die weiträumigen Jagdgebiete genommen hatte. Es könnte aber auch an ihren zwar imposanten, aber gar nicht so praktischen Säbeln gelegen haben, die gut dazu geeignet waren, die Halsschlagadern und Luftröhren ihrer Opfer zu durchtrennen, aber schlecht zum Kauen. Aus diesem Grund konnte die Säbelzahnkatze nur die weichsten Teile ihrer Beute zu sich nehmen, die Innereien und Gedärme. Den Rest, also das Allerbeste, überließ sie den Aasfressern.

Noch am selben Abend erklärte Friedel das Asyl des kleinen Erich für beendet. Grund dafür war eine für Schwangere gefährliche Katzenkrankheit, auf die sie bei ihrer Recherche nach artgerechter Haltung von Hauskatzen gestoßen war. Dabei war Friedel ja noch nicht mal schwanger. Jakob wollte noch widersprechen, aber die Aussicht auf eine Spazierfahrt, bei der er seinen Gedanken nachhängen konnte, war so verlockend, dass er versprach, den Kater gleich am nächsten Tag zurückzubringen.

Das Tier miaute auf dem Beifahrersitz und versuchte, aus seinem Gefängnis zu entkommen, aber Jakob hatte den Karton mit Kreppband zugeklebt. Die endlos gerade Straße durch den Kiefernwald war ihnen letztes Mal auf der Rückfahrt gar nicht mehr so besonders aufgefallen, zumindest erschien sie ihnen da nicht so bedrückend, wie sie ihm jetzt wieder vorkam. Er machte das Radio an, aber anscheinend waren nur die Proletensender stark genug, um bis hierher durchzudringen.

Er schaute auf sein Handy. Kein Balken, null Empfang. Wirklich albern, aber aus irgendeinem Grund machte es ihn nervös, so abgeschnitten von der Zivilisation zu sein. Er atmete tief ein und wollte irgendetwas denken, was ihn von diesem klaustrophobischen Gefühl ablenken würde. Er stellte sich ein Auto vor, das an einem der Waldwege stand, einen älteren kleinen Sportwagen, wie sie früher als Auto für die selbstbewusste und unabhängige Frau angepriesen wurden. Als er etwas langsamer daran vorbeifuhr, sah er, dass die Fahrertür offenstand. Vielleicht brauchte jemand Hilfe. Sollte er anhalten oder doch besser weiterfahren? Vielleicht war es ein Unfall oder Überfall, oder beides. Er ging etwas näher zu dem Auto hin und schaute sich um. Der Zündschlüssel steckte noch, und er wollte schon rufen, als er ein Knacken im Wald hörte. Kurz darauf kam eine elegante Frau in einem cremefarbenen Kostüm aus dem Unterholz und zupfte sich noch ihren Bleistiftrock zurecht. Sie erschrak kurz, als sie Jakob bei ihrem Auto entdeckte. Jakob entschuldigte sich und erklärte, er habe gedacht, dass etwas passiert sein könnte. Als er dann schon wieder einsteigen und weiterfahren wollte, rief die Frau ihm noch hinterher: »Herr Niemeier, sind Sie das?« Wieso kannte ihn diese Frau, er wurde neugierig. Es stellte sich heraus, dass sie seine Arbeit interessiert verfolgte. Sein erstes Buch fand sie sehr gelungen und wollte wissen, wie sich das zweite entwickelte, an dem er ja gerade arbeitete. Er sagte ihr, dass er extra aufs Land ziehe, um sich mit aller Konsequenz in das Schreiben hineinbegeben zu können. Sie fand, dass das genau der richtige Weg sei und dass seine Notizen zu dem Buch ja schon eine unglaubliche Vorarbeit beinhalteten, von der das Werk mit Sicherheit sehr profitieren würde. Jakob pflichtete ihr bei, fragte sie aber noch, was sie von seinem Ansatz halte, den Text irgendwo zwischen ethnologisch und fiktional anzusiedeln. Sie fand das äußerst interessant. Dann meinte sie noch, dass er mit Friedel mal wieder in diesen kleinen libanesischen Imbiss gehen könne, wo sie früher oft gewesen waren.

Endlich kam die Stelle, wo die Straße bergab geht und der Wald sich lichtet. Er hasste diese Straße. Das nächste Mal würde er Musik mitnehmen oder einen Podcast hören.

Das Tageslicht wurde schon schwächer, als Jakob den Hohlweg zum Haus der alten Frau hinunterfuhr, der ihm jetzt fast schon ein bisschen vertraut vorkam. Im

Haus brannte Licht, aber wie beim letzten Mal reagierte sie nicht auf die Funkklingel, wahrscheinlich war die Batterie seit Jahren leer. Friedel hatte noch ein Blumensträußchen und Pralinen in den ausgespülten Eimer gestellt, und im Strauß hing eine zusammengeklappte Karte, auf der in ihrer schönsten Schrift stand: »Uns hat es so gut gefallen bei Ihnen, hoffentlich sehen wir uns mal wieder. Und falls sie jemanden wissen, der sein Haus verkauft ...« – und dann Friedels Nummer.

Jakob klopfte noch an der Tür, aber nichts rührte sich. Er ließ den Eimer stehen und ging mit dem Schuhkarton zu der Hecke, wo Friedel die Kätzchen entdeckt hatte. Er kniete sich hin und wollte gerade das Klebeband von der Schachtel zupfen, als er zusammenfuhr. Überraschend nah bei ihm stand ein stämmiger junger Mann in bunter Freizeitkleidung, der ihn mit seinen grünen Augen anstierte, während er mit einem Gartenschlauch den Rasen wässerte. Vermutlich hatte er schon die ganze Zeit da gestanden und ihn beobachtet. Jakob wunderte sich, dass er ihn vorher nicht bemerkt hatte, wollte aber auch nicht zu genau hinsehen. Auf gar keinen Fall wollte er sich auf ein Gespräch einlassen. Was hätte er auch sagen sollen, wenn der Mann ihn fragte, was er da macht. Er, mit dem Auto aus der Stadt, vor dem Haus der alten Frau mit dem ungeliebten Tier im Karton.

Der Kater schien zu spüren, dass das seine letzte Chance war, miaute so laut er konnte und kratzte an der Pappe. Jakob spürte die Hitze in sich aufsteigen und beeilte sich, schnell wieder ins Auto zu kommen. Er schleuderte den Karton mit der Katze auf den Beifahrersitz und startete den Motor. Im Rückspiegel sah er, wie der Mann raus auf die Straße kam und ihm nachschaute. Wie hatte er sich nur darauf einlassen können, die blöde Katze wieder hierher zurückzubringen? Es war doch klar, dass sie sich an dem Haus jetzt nicht blicken lassen durften. Um nicht wenden zu müssen und gleich wieder vorbeizufahren, folgte Jakob dem kleinen Feldweg, der schließlich an einem See mit Badestelle endete. Die hatten sie vorher gar nicht gesehen. Wenn sie hier wohnen würden, mit auch noch einer Badestelle in der Nähe ... Jakob wollte sich lieber nicht vorstellen, wie perfekt alles sein könnte. Er zog sich aus, blieb aber noch einen Moment am Ufer stehen und genoss die frische Abendluft. Jetzt kam es ihm völlig übertrieben und unnötig vor, dass er so kopflos geflüchtet war. Warum hatte er nicht einfach ein paar Worte mit dem Mann gewechselt? Er hätte ihm erklären können, wie alles zusammenhängt, mit der Schwangerschaft, den Sauerkirschen und der Katzenkrankheit. Vielleicht hätten sie sogar Nummern ausgetauscht, falls der Mann mal was von einem Haus hörte.

Am besten war immer der Moment des Eintauchens in das kalte Wasser. Auf einmal ist alles anders. Die Temperatur, das Licht, die Töne, der Druck auf der Haut. Als Einzelwesen da oben zu schwimmen, auf dem tiefen dunklen See, in dem sich noch Tausende anderer Wesen tummelten, von denen er keine Ahnung hatte.

Beim Abtrocknen bemerkte er, dass es vollkommen still geworden war. Der Wind hatte sich gelegt und auch die Frösche und Vögel gaben keinen Laut mehr von sich. Jakob bewegte sich etwas, um wenigstens selbst Geräusche zu verursachen, aber auch das Abreiben mit dem Handtuch und das Aufsetzen der Füße auf den Boden wurden seltsam verschluckt. Rufen wollte er nicht, das kam ihm übertrieben vor. Lautlos zuckte ein Blitz über den See. Jakob hatte ihn wahrgenommen, aber nicht darüber nachgedacht, was dann passieren würde, und so traf ihn der Donnerknall, eine Sekunde später, vollkommen unvorbereitet. Vor Schreck blieb ihm der Atem stehen. Der Blitz musste recht nah eingeschlagen sein, er meinte sogar, dass sich der Erdboden ein bisschen bewegt hatte. Jetzt kam er sich ganz mickrig vor, wie er hier stand, mit dem Handtuch um die Hüften, umringt von riesigen Bäumen.

Der Wind frischte auf und brachte den ersten Regen. Erst fielen nur wenige, aber dicke, schwere Tropfen, die auf das Wasser platschten. Jakob löste vorsichtig das Kreppband, sodass der kleine Kater es am besten gar nicht mitbekam, setzte den Schuhkarton aufs Wasser und gab ihm einen leichten Stups. Der Karton schaukelte auf dem Wasser und die Tropfen schlugen auf den Deckel. Bald schon würde die Pappe durchweicht sein. Dann ging alles ganz schnell, der Wind war zum Sturm geworden und der Regen prasselte hinunter. Jakob riß sich los und flüchtete ins Auto.

Der Garten des Nachbarn war jetzt leer, und durch das Fenster der Plastiktür sah man das blaue Leuchten des Fernsehers. Eigentlich, dachte Jakob, wäre es schön, gleich für immer hier zu bleiben, und als er an einem Gasthof zum Rappen vorbeifuhr, entschloss er sich, dort einzukehren, bis das schlimmste Unwetter vorbei wäre. Als er durch den Flur auf die Gaststube zulief, hörte er von drinnen lautes Lachen. Wollte er da wirklich reingehen, noch könnte er einfach umdrehen und sich in die Stadt kämpfen.

    Als er die Tür öffnete, war er erstaunt, dass nur der Wirt und noch zwei andere an der Theke standen. Im Fernsehen lief eine Gerichtssendung ohne Ton und auch von draußen drang durch das Isolierglas kaum etwas von den Geräuschen des Sturms herein. Der präparierte Pferdekopf gegenüber dem Eingang wirkte überraschend echt, und wenn er nicht so angestaubt gewesen wäre, hätte man glauben können, dass ein Pferd den Kopf durch die Wand gesteckt hatte. Jakob entschied sich für einen Tisch am Rand, von dem aus er den Raum gut überblicken konnte. Der Stuhl, den er vom Tisch zog, war schwer und ratterte laut über den Boden. Erst jetzt nahmen die Männer Notiz von ihm, verstummten augenblicklich und schauten zu ihm rüber.

»Nachtigall, ick hör dir trapsen«, rief einer an der Theke, was die anderen in schallendes Gelächter ausbrechen ließ. Jakob erkannte, dass sie gefüllte Bier- und Schnapsgläser zu einer Pyramide aufgestapelt hatten. Der Wirt kam zu ihm an den Tisch und Jakob bestellte ein kleines Bier und eine Frikadelle. Die Speisekarte behielt er, um noch die Sage zu lesen, die auf der ersten Seite abgedruckt war.

In einem Dorf lebte einmal eine Sippe, in der alle einen Kopf größer waren als die anderen Menschen in der Umgebung. Ihre Körper waren über und über mit Haaren bewachsen. Die behaarten Menschen hatten sich einen Turm gebaut und darin hing ein Pferdekopf. Wenn die behaarten Menschen nicht weiterwussten, fragten sie einfach den Pferdekopf, und der wusste dann, was zu tun war. Eigentlich interessierte Jakob viel mehr, was die Gruppe an der Theke anstellte, aber er wollte auch nicht so genau hinschauen und war froh, dass er etwas zu lesen hatte.

Die Dorfleute und die behaarten Menschen lebten lange in Frieden, bis eines Tages neue Siedler in das Dorf kamen. Schon bald gab es einen unter ihnen, der unbedingt wissen wollte, was es mit dem Pferdekopf auf sich hatte. In einer kalten stürmischen Nacht schlich der Siedler in den Turm und nahm den Pferdekopf von seinem Platz. In diesem Moment fing der Kopf zu sprechen an und prophezeite ihm, dass er nun auf ewig blind sein würde. Wenig später krachte der Turm in sich zusammen und begrub den Siedler mitsamt dem Pferdekopf. Die behaarten Ureinwohner des Dorfes verschwanden in den umliegenden Wäldern und wurden nie wieder gesehen. Warum das Blindwerden noch wichtig war, wenn man doch von Steinen erschlagen wurde, erschloss sich Jakob nicht. Er schaute zu dem schwarzen Pferdekopf an der Wand, der jetzt etwas meschugge zu ihm herunterschielte. Bei solchen mündlichen Überlieferungen, dachte er, blieben oft nur die sonderbaren Details und überflüssigen Grausamkeiten übrig, während Inhalt und Dramaturgie verkümmerten. Einer der Männer würfelte, anscheinend ein guter Wurf, und musste oder durfte dann den obersten Schnaps von der Pyramide trinken. Jakob spürte, dass sie ihn aus den Augenwinkeln ganz genau observierten. Er machte eine Geste zu den Männern, hob sein Glas, ein kleines Nicken, verbunden mit einem Lächeln, aber keiner von ihnen reagierte. Sie wussten, dass er aus der Stadt kam, dass er vermutlich ein Haus suchte oder jemanden besuchte, der schon ein Haus hatte. Wahrscheinlich wussten sie sogar, um welches Haus es ging.

Auf dem Rückweg stellte er sich vor, beim Bezahlen an der Theke mit den Männern noch ganz locker ins Gespräch gekommen zu sein. Sie hätten gesagt, dass sie Maurice hießen und Schatzmeister, wobei Schatzmeister natürlich ein Spitzname war. Er hätte gefragt, woher der Name käme, und sie hätten erzählt, dass Schatzmeister auch auflegt und dass das sein DJ-Name sei, und dann hätten sie ihn gefragt, wo er denn jetzt noch hinfahre, und er hätte ihnen noch zwei Bier ausgegeben und wäre dann los, nicht ohne schnell noch einen Schnaps mit ihnen zu trinken, den er nicht hätte abschlagen können.

Natürlich hatte Friedel die Zeit genutzt, in der er nicht da war, und mit Wolfram gesprochen. Vielleicht hatte sie ihn sogar genau deswegen losgeschickt. Wolfram hatte dann mit dem Makler gesprochen und anschließend wieder mit Friedel, und es war ihnen gelungen, einen Termin zu vereinbaren. Und wenn es ein Treffen gab, dann gab es auch eine Chance, strahlte sie. Das war ja im Grunde eine tolle Nachricht, aber so richtig glücklich machte Jakob die Sache nicht. Er hielt Friedels kampfeslustige Energie an diesem Abend kaum aus und verzog sich bald ins Bett. Dass »Paps« ihr Projekt Landleben in die Hand nehmen sollte, gefiel ihm überhaupt nicht, er zog es aber vor, jetzt besser nicht damit anzufangen.

Jakob hatte Friedel vor gut vier Jahren in der Bibliothek zum ersten Mal gesehen. Sie stand im Gang der Soziologie, und nachdem er sie dort entdeckt, aber nicht angesprochen hatte, ging sie ihm einfach nicht mehr aus dem Kopf. Woran genau er damals dachte, wenn seine Gedanken um sie kreisten, war jetzt nur noch schwer zu sagen. Er wusste nichts von ihr, hatte nur ihre Erscheinung bewundert, wie sie so konzentriert ganz bei sich selbst war, zur gleichen Zeit aber auch locker und entspannt wirkte. Ihr graziler Körper und die etwas nachlässige Kleidung, die sehr bewusst ausgesucht war, taten ihr Übriges. Na ja, irgendwie war sie auch ganz normal und gar nicht so besonders, aber sogar das fand er in dem Moment toll. Dann kam sie lange nicht wieder, Jakob aber war von nun an fast jeden Tag in der Bibliothek und setzte sich immer so, dass er den Gang mit der Soziologie gut im Blick hatte. Wie blöd er gewesen war, sie nicht gleich anzusprechen, ärgerte er sich. Er versuchte weiter an seinem Buch zu schreiben, aber eigentlich hätte er das gleich lassen können. Und dann stand sie irgendwann wieder da, genau im selben Gang wie beim ersten Mal. Jetzt durfte er keine Minute warten. Er raffte sich auf und lief zu ihr hin. Es waren eigentlich nur ein paar Meter, trotzdem war er ganz kurzatmig, als er bei ihr ankam. Erst jetzt bemerkte er, dass sie ein paar Zentimeter größer war als er, das hatte er aus der Entfernung gar nicht vermutet. Er wusste nicht, wie er es anstellen sollte, aber das musste er gar nicht, sie sagte, dass sie Friedel sei, und lächelte. Auf seltsame Art wusste Jakob vom ersten Moment an, dass diese Frau genau das hatte, was ihm fehlte. Dass er sie brauchte und sie ihn.

Sie hatten sich direkt am Haus des Maklers verabredet. Das weiße Angeberauto von Friedels Eltern parkte direkt neben dem schwarzen Angeberauto des Maklers. Über den Parkbuchten war ein etwas zu großes Transparent gespannt, auf dem »Immobilienmakler R. Blaschke« stand, und dann gab es darauf noch ein verblichenes Bild, auf dem das Haus des Maklers zu sehen war, vor dem sie jetzt standen. Friedels Mutter war draußen geblieben, um zu rauchen. Vermutlich kannte sie das Stück, das gleich aufgeführt werden würde, schon zur Genüge.

Der Makler war ein windiger dünner Kerl mit Jeans und gestreiftem Hemd, der eindeutig zu viel Parfüm aufgetragen hatte. Die weißen Haare hatte er mit Dauerwelle oder Minipli irgendwie nach oben arrangiert, wahrscheinlich, um ein bisschen größer zu wirken. Betont energisch ging er auf die Familie zu und streckte jedem die Hand hin, erst Friedel, dann Wolfram und schließlich Jakob. Sein Händedruck war fest und entschieden, trotzdem spürte man eine leichte Unsicherheit, und vielleicht bildete Jakob sich das nur ein, aber er hatte etwas feuchte Hände. Während die Männer anfingen, sich gegenseitig auszutesten, wohlbedacht ihre Potenz als Geschäftsmänner herauszustreichen, stellte Jakob sich ans Fenster, das sich über den gesamten Giebel der ausgebauten Scheune erstreckte, und schaute auf den Innenhof. Auch wenn er potenzieller Nutznießer des Geschachers war, hielt er das Getue kaum aus. Er würde freundlich sein und sich nichts anmerken lassen, aber ihren Wohlstand und ihre Selbstgefälligkeit würde er immer hassen. Friedels Mutter besah sich draußen mit der Zigarette in der Hand die Hortensien und den Hibiskus. Wie herablassend sie jedes im Hof zur Schau gestellte Dekoelement taxierte, er konnte ihren Hochmut bis hier oben spüren. Ein älteres blaues Auto kam angefahren und parkte quer hinter den anderen Autos auf dem Kiesweg. Ein junger Mann in fleckig gebleichten Jeans stieg aus der Tür, Jakob erkannte den Nachbarn, den Mann mit den grünen Augen und dem Gartenschlauch. Er spürte eine Anspannung bis an die Kopfhaut, und seine Nackenhaare stellten sich auf. Am liebsten wäre er verschwunden, unsichtbar geworden. Er hörte Wolfram und den Makler hinter sich, konnte sie aber nicht genau verstehen, irgendetwas wurde beschlossen. Und Friedel, dieses saubere, perfekte und untadelige Wesen schaute zu, wie die alten Männer das Schicksal in ihrem Auftrag verbogen. Es ist ja nur zu ihrem Besten, wird sie denken. Auf einmal stand sie neben ihm und nahm seine Hand. Der Mann in den fleckig gebleichten Jeans registrierte das weiße Auto mit dem westdeutschen Kennzeichen und natürlich auch Jakobs Volvo, mit dem er letztes Mal vor ihm geflüchtet war. Er blickte zu Friedels Mutter und dann zu ihnen herauf, und Friedel drückte Jakobs Hand etwas fester.

Auf was genau sich schließlich geeinigt worden war, blieb nicht ohne Absicht im Verborgenen, aber jetzt wollte Wolfram endlich mal »die Hütte« sehen, das »Objekt der Begierde«. Jakob schmerzte seine profane

Ausdrucksweise zutiefst, der dysphemistische Soziolekt des Kapitalisten, er spürte es geradezu körperlich. Wenigstens hatte er nicht schon vorher alles inspizieren wollen, wofür er überhaupt kämpfen sollte, dann wäre es richtig peinlich geworden.

Der Makler versuchte, sie bei der alten Frau anzukündigen, aber sie ging nicht ans Telefon. Trotzdem fuhren sie los, vorneweg der Makler, dann Friedels Eltern und als letzte Friedel und er.

Jakob erinnerte das ganze Rollkommando an die Jungsbanden, die sich in dem Brachland um das überteuerte Appartementhaus gebildet hatten, in das er mit seiner Mutter gezogen war. So ein Wohn- und Geschäftshaus, das eine Versicherungsgesellschaft an einer Ausfallstraße gebaut hatte, war zu dieser Zeit in kleineren Städten noch durchaus unüblich. Für seine Mutter war es die Gelegenheit, sich irgendwie abzusetzen von den »gewöhnlichen« Leuten, auch wenn sie sich die teure Miete und die Fernwärmeversorgung und den Videorekorder und das alles kaum leisten konnte. Marinus Bönickes Mutter hatte sich in deren Wohnung, die zwei Stockwerke über ihrer lag, ein Frisierstudio eingerichtet. Jedes Mal, wenn Marinus ihn mit in seine Zentrale nahm, wie er sein Kinderzimmer nannte, roch es dort extrem nach Haarspray und Zigarettenrauch, sodass Jakob im ersten Moment die Luft wegblieb. Aus irgendeinem Grund hatte Marinus ihn als seinen Adjutanten ausgewählt, obwohl Jakob als Jungsbandenkrieger eher ungeeignet war. Entweder hatte sich kein anderer finden lassen, oder Marinus hatte tatsächlich Fähigkeiten in Jakob erkannt, die ihm selbst abgingen. Die Jahre im Neubau waren in Jakobs Erinnerung eigentlich die schlimmste Periode seiner Kindheit. Wahrscheinlich war es die Zeit, in der seine Mutter sich endgültig von dem Gedanken verabschiedete, eine junge Frau zu sein, und diesen Abschied wollte sie gebührend feiern. Oft war er abends und auch nachts allein in der Wohnung. Er stellte sich ein tiefgefrorenes Fertiggericht in die Mikrowelle und aß vor dem Fernseher, wo er dann auch kurz einschlief, um später im Bett wachzuliegen und zu warten, bis jemand seine Mutter nach Hause brachte. Manchmal war es ein Mann allein, manchmal auch eine Gruppe. Entweder kannten sie seine Mutter schon oder hatten sie in irgendwelchen Kneipen aufgegabelt und auf veloursbezogenen Rücksitzen der Reihe nach durchgebumst, bis sie sie zu ihm in die Wohnung schubsten. Jakob stand dann meistens auf und achtete darauf, dass seine derangierte Mutter auch ins Bett ging und nicht auf noch mehr dumme Gedanken kam.

Der Makler drückte auf den Klingelknopf, bei dem sich Jakob mittlerweile fast sicher war, dass es sich um eine Attrappe handelte. Dann öffnete er einfach das Törchen und sie alle drängten in den Garten, der jetzt, mit den vielen Personen, erstaunlich eng wirkte. Bestimmt war die Frau zu Hause und beobachtete sie, wie sie von außen auf das Haus zeigten. Da, nach Süden, müsste natürlich ein großer Durchbruch hin, mit Terrasse davor und oben ins Dach eine Gaube, erklärte Friedel ihren Eltern im Flüsterton, die sichtlich schockiert vom schlechten Zustand der Immobilie waren. Es war kaum auszuhalten, wie sie gedanklich Löcher in den Schutzraum der Alten rissen und ihre Festung zerstörten, während sie drinnen ausharrte und hoffte, nicht entdeckt zu werden. Der Makler gab Anekdoten aus seiner Zeit als LPG-Vorsitzender zum Besten und Wolfram zog über die marode Bausubstanz her. Friedel komplettierte die Unterhaltung, indem sie über die Ostdeutschen wie eine Kindergärtnerin redete, wie erfindungsreich sie doch wären und dass sie auch aus ganz wenig etwas machen konnten. Jakob verzog sich unbemerkt unter den Kirschbaum. Die ausladenden Äste hingen so weit herab, dass man fast ganz darunter verschwinden konnte. Diesmal hatte er etwas Spaß an den sauren Früchten, die die Schleimhäute pelzig machten, und steckte sich immer drei oder vier davon in den Mund. Er hörte ein Klacken aus der Richtung des Nachbarhauses und schaute reflexartig rüber. Eine füllige Frau hatte die Terrassentür aufgezogen und kam die Holzstiege in den Garten herunter, immer mit dem linken Bein zuerst. Die Stretchleggings mit der Tunika in Oversize darüber waren ganz offensichtlich dazu gedacht, ihre Polster zu kaschieren. Jakob war irgendwie berührt, wie sie versuchte, ein halbwegs passables Bild von sich zu vermitteln, wo doch schon alle Kontrolle verloren war. So wie sie kampfeslustig herüberschaute, war klar, dass sie zu ihnen wollte. Der Rasen des Nachbargrundstücks war wirklich erstaunlich gepflegt, sehr kurz und sehr grün, sogar unter dem neu aufgestellten Industriezaun und außen herum war das Gras exakt einen Rasenmäher breit sauber geschnitten worden. Die anderen hatten das Klacken der Plastiktür gar nicht bemerkt, und als Jakob zu seiner Gruppe zurückkam, schien sich ein gewisser Konsens eingestellt zu haben, der Makler hatte seine DDR-Ehre behalten, Wolfram konnte stolz auf seine Tochter sein, und Irene saugte selig an ihrer Slimzigarette. Jakob genoß es, die Nachbarin in seinem Rücken näherkommen zu spüren. Auf einmal unterbrach der Makler seinen Redefluss und guckte an ihm vorbei.

»Ramona!« Er schien ziemlich aus seinem Konzept gebracht. Jetzt schauten auch Friedel und ihre Eltern zu der Frau. Was aus der Nähe sofort ins Auge stach, war ihr Damenbart, der nicht, wie Damenbärte sonst, aus einer haarigen Oberlippe bestand, sondern auch die Wangen und den Hals mit einem Flaum bedeckte. Das Gesicht bildete mit dem Hals mehr eine Fläche und ging nahtlos in die Tunika beziehungsweise direkt in den Körper über. Jakob hatte ein kleines Vergnügen an dem Schrecken, den seine Freundin und deren Eltern im ersten Moment hatten, bevor der Makler noch ein zweites Mal »Ramona« und dann »Wir haben gerade einen Termin« sagte. Jakob fielen ihre sanften grünen Augen auf, die in einem fremden Körper zu stecken schienen. Es war schwer zu sagen, ob ihre üppigen Rundungen weich oder eher recht fest waren, und er hätte sie gerne, nur so zum Test, einmal angefasst.

Was denn jetzt mit Denny sei, wollte sie wissen. Der Makler meinte, Denny könne ja auch einen Termin machen, genau wie jeder andere. So einfach wollte sie aber nicht klein beigeben, sie griff ihn am Hemdkragen, drängte ihn ein paar Meter zur Seite und zischte ihm etwas ins Ohr, das nur er verstehen konnte. Der Makler ließ mit Absicht die Hände einfach nach unten hängen, versuchte nicht, sich aus ihrem Griff zu befreien oder sie sonst irgendwie abzuschütteln. »Verkauft ist, wenn verkauft ist«, hörte man den Makler sagen.

Das muss der Moment gewesen sein, als der Nachbarin klar wurde, dass Denny, offensichtlich ihr Sohn, der Gartenschlauchmann mit dem blauen Auto, das Haus niemals bekommen würde. Der Makler würde ihre Abmachung, die vielleicht schon vor langer Zeit getroffen worden war, brechen und lieber den Weg des Geldes gehen. Und Jakob wurde zum ersten Mal klar, dass die Unterschrift unter einem Kaufvertrag nur ein Teil des Sieges sein würde, dass ein neues Leben auf dem Land noch ganz andere Probleme für sie bereithalten würde. Zum ersten Mal stieg ein kleiner Zweifel in ihm auf, ob er diese neuen Probleme, mit neuen Menschen, neuen Geschichten und Konstellationen überhaupt haben wollte.

»Du Dreckschwein, Ronny Blaschke! Besser, sie hätten dich damals nicht gefunden«, schubste die Nachbarin den Makler mit aller Kraft weg. Er taumelte, konnte sich aber gerade noch abfangen, bevor er ins Gras stolperte. Die alte Frau, die vorgab, nicht da zu sein, spitzte wieder hinter den Gardinen hervor, tat aber einen Teufel, sich jetzt herauszuwagen.

Friedels Eltern blieben noch einen Tag in der Stadt, es wäre ja auch komisch gewesen, wenn sie gleich wieder zurückgefahren wären. Die seltenen Male, die sie sonst zu Besuch waren, hatte Jakob als Quälerei in Erinnerung, aber diesmal fühlte es sich zu seiner Überraschung irgendwie o. k. an. Oder hatte er einfach schon aufgegeben? Friedel hatte Karten für eine nichtspeziesistische Theaterperformance besorgt. Anscheinend wollte sie ihren Eltern ganz arglos ihre Welt zeigen, oder zumindest das, was sie sich unter ihrer Welt so vorstellte. Jakob konnte das nicht nachvollziehen, er hätte sie eher in irgendeine Boulevardkomödie mit einem Altstar geführt oder in ein Varieté. Immerhin fand er selbst die Sache nicht uninteressant. Es war eigentlich kein richtiges Stück, sondern eine Dauerperformance, die im Foyer eines Theaters stattfand. Es gab vier menschliche Performer und ein festes Ensemble von sechs nichtmenschlichen, das aus Tauben bestand. Die Performer, also alle zehn, gingen im Grunde irgendwelchen normalen Beschäftigungen nach, wobei die Beschäftigungen der Sapiens auch teilweise ausgedacht oder aufgesetzt wirkten. Die Nichtmenschlichen verhielten sich entweder natürlicher oder waren bessere Schauspieler, auf jeden Fall brachten sie auch noch andere Freunde von der Straße mit in die Performance. Zum Leidwesen der Sapiensperformer, denn die Straßentauben waren sehr ungehobelt, machten sich am Essen zu schaffen und kackten alles voll. Friedels Eltern fanden das Stück reichlich abstrus, konnten sich aber gut darüber lustig machen. Am Ende waren sie alle ganz schön geplättet von den Ereignissen, auf dem Land und in der Stadt. Dummerweise war mit der Reservierung in dem israelisch-palästinensischen Restaurant, in das Friedel sie noch ausführen wollte, etwas schiefgelaufen, und sie entschieden, einfach nur zu dem Falafelladen bei ihnen um die Ecke zu gehen.

Als sie endlich mit ihren Sandwiches auf den selbstgezimmerten Bänken saßen, die auf einem der letzten unbebauten Grundstücke im Innenstadtbezirk aufgestellt waren, gelang es ihnen zum ersten Mal, recht entspannt über Geld zu reden. Es wäre natürlich Unsinn, wenn Friedel herumlaufen müsste und versuchen, einen Kredit zu bekommen. Wolfram wollte lieber einen Teil seines Depots auflösen und dann sei das Geld ja schon da. Jakob spürte eine Erleichterung, die er aber lieber verbarg. Es war ihm durchaus klar, dass es für ihn extrem schwer werden würde, Geld von einer Bank zu bekommen, und so war es genau genommen eine Riesenerleichterung. Er versprach seinen Anteil umgehend, allerspätestens wenn sein neues Buch erscheinen würde, an Friedels Eltern zurückzuzahlen. Die beiden gingen aber gar nicht weiter darauf ein, was ihn ein bisschen überraschte. Ob es daran lag, dass Jakob vielleicht schon bald der Vater ihres Enkelkinds sein würde und damit quasi zur Familie gehörte? Auf jeden Fall war er mehr intergriert als früher, und das fühlte sich gut an. Leider musste er so dringend pinkeln, und als Irene wieder anfing zu erzählen, wie sie sich damals hochgearbeitet und dann noch das größere Möbelhaus und die Villa gebaut hatten, konnte er sich endlich mal in den hinteren Teil der Brachfläche verziehen. Zwischen dem Gestrüpp lag einiges an Müll und Essensresten und eine Taube hinkte dazwischen herum. Er machte die Hose auf und pinkelte an einen Strauch, als er noch eine zweite Taube entdeckte, die neben ein paar Taschentüchern mit Kotresten lag und sich ruckartig bewegte. Als seine Augen sich mehr an die Dunkelheit gewöhnt hatten, erkannte er, dass es nicht die Taube war, die sich bewegte, sondern eine Ratte, die daran herumzerrte. Wie ekelhaft, ob das welche von den Tauben waren, die auch bei der Perfomance mit dabei waren? Am liebsten wäre er schnell verschwunden, aber wenn man einmal angefangen hatte zu pinkeln ... Es raschelte im Laub, und wie ein Pfeil schoss ein grauer Schatten aus dem Dunkeln hervor und direkt auf ihn zu. Jakob sprang zurück, aber die Alpharatte hatte sich schon an seinen Turnschuh gekrallt. Jakob schrie auf und versuchte hysterisch das Tier abzuschütteln, das sich in sein Hosenbein vorzuarbeiten versuchte. Er hob den Fuß hoch und packte die Ratte am Leib. Mit viel Kraft wand sich der feste Körper und riss mit Pfeifgeräuschen das Maul auf, um ihn irgendwie doch noch zu beißen. Er warf das Biest weg, aber nicht weit genug, und die Ratte flitzte gleich wieder auf ihn zu. Jakob rannte nach vorne ins Licht, zurück ins Stadtleben und machte sich die Hose zu.

Liebe Mutter,

wir haben unser Domizil gefunden! Wir halten es auch langsam wirklich nicht mehr aus in der Stadt und warten nur noch auf die Zusage. Der Makler hat versprochen, sich sehr für uns einzusetzen. Er findet es gut, wenn eine junge Familie diesen Schritt wagen will. Ja, Du hast richtig gehört: Familie. Wir werden bald ein Kind bekommen, und wer weiß, dann auch zwei oder drei …? Auf jeden Fall nutzen wir die fruchtbaren Tage. Friedels Eltern waren zu Besuch und haben ganz schön gestaunt, wie wir das alles anpacken. Sie bestehen darauf, dass sie uns das Geld geben, dann müssen wir nicht langwierig bei einer Bank herumtun, aber ich weiß noch nicht. Ich freue mich nur darauf, wenn ich im Garten stehe und die Pflanzen gieße, und am Samstag werde ich vor der Garage das Auto waschen, ja, das werde ich.

Übrigens, ist Dir mal ein übler Geruch aufgefallen, von Sperma in Zusammenhang mit der Scheidenflora?

Ich mein ja nur.

Dein Jakob

Am nächsten Tag kam der Anruf vom Makler, die Zusage. Sie waren natürlich hocherfreut und wollten, sobald es ging, zum Haus fahren, um es etwas genauer und auch von innen zu besichtigen, aber das war genau der heikle Punkt: Die alte Frau wollte auf keinen Fall eine weitere Besichtigung. Wenn ihnen das nicht passte, verkaufe sie lieber an Denny, der kenne das Haus ja. Friedel und Jakob willigten ohne zu zögern ein, was sollten sie auch groß von der Besichtigung des Hauses erwarten? Es war eines dieser kleinen Landarbeiterhäuser, die damals, in der jungen DDR alle nach dem gleichen Schema gebaut worden waren. Die Räume waren klein, und sie würden ohnehin fast alles neu machen müssen.

Die Wartezeit bis zum Notartermin war dann doch schwer auszuhalten. Sie konnten kaum einen anderen Gedanken fassen als an das Haus und das Land und schleppten sich wie Zombies durch die Tage. Dazu immer die Anspannung, schließlich konnte ja jederzeit jemand mit einem noch größeren »Paps« daherkommen. Zum Glück gelang es ihnen, in den Kaufvertrag mit aufzunehmen, dass der Kaufpreis auf ein sogenanntes Treuhandkonto hinterlegt werden sollte und sie im Gegenzug, sobald unterschrieben war, gleich in das Haus konnten. So würden sie wenigstens noch vor dem Winter ein paar schöne Wochen auf dem Land haben.

Und dann war es endlich so weit, der Tag der Beurkundung. Überraschenderweise waren auch Friedels Eltern angereist. Jakob war nicht ganz klar, warum eigentlich, aber er hielt sich zurück, um nichts in der Welt wollte er die Unterschrift jetzt noch gefährden.

Sie setzten sich alle um einen großen ovalen Tisch mit einer unangenehmen Glasplatte, der parfümierte Makler, Friedels Eltern, die alte Frau, der Notar, Friedel und er. In der Mitte standen eine Thermoskanne mit Kaffee, Sprudelwasser, kleine Saftfläschchen, Tassen und Gläser und ein Schälchen mit Kaubonbons. Jakob nahm sich ein Minifläschen mit Pfirsichnektar, als sich aber niemand sonst bediente, war es ihm ein bisschen peinlich. Der Makler hatte allerbeste Laune, der Notar wollte es so schnell wie möglich hinter sich bringen, und alle anderen waren einfach nur erleichtert, als es endlich losging. Jetzt gab es kein Zurück mehr.

»Roswita Anni Koch, geboren 4. September 1942 in Königsberg, im folgenden ›Verkäufer‹ genannt«, fing der Notar zu lesen an. Frau Koch nickte und der Notar fuhr fort: »Friedel Agneta Richter, geboren am 26. Februar 1986 in Göttingen, im Folgenden ›Käufer‹ genannt«, und Friedel nickte. »Verkauft wird ein Grundstück …« Jakob räusperte sich und unterbrach: »Stopp, stopp, stopp. Ich bin ja auch Käufer.«

»Ach, dann doch?« Der Notar blickte in die Runde. »Das kann man alles noch ändern.«

Im Entwurf hatten ganz eindeutig ihre beiden Namen

gestanden, da musste sich ein Fehler eingeschlichen haben.

»Wenn wir das Geld da reingeben, dann muss es auch Friedels Haus sein«, statuierte Wolfram. Jakob sah Friedel an, das konnte unmöglich ihr Ernst sein. Er forderte sie auf, das umgehend richtigzustellen. Sie hatte etwas feuchte Augen und schaute auf die Tischplatte. Dann sagte sie, dass es doch trotzdem ihr gemeinsames Haus sei, auch wenn nur ihr Name im Grundbuch stünde. Das glaubte er jetzt nicht, so leichtfertig würde sie nicht alles kaputtmachen. Das konnte nur ein Missverständnis sein. Jakob war fassungslos. Friedel wusste Bescheid und hatte ihm nichts davon gesagt. Sie sollte ihm bitte mal erklären, was das zu bedeuten hatte, aber sie schüttelte nur den Kopf. »Das Haus gehört dir doch trotzdem mit.« Unfassbar, erst wurde der Nachbar verarscht und jetzt war er an der Reihe. Sogar die Alte schaute betreten auf den Tisch. Jakob entschuldigte sich und verließ den Raum.

Auf der Toilette wurde ihm erst das ganze Ausmaß des Verrats bewusst, und der Ärger nahm ihn vollends in Beschlag. So schnell kann sich alles drehen. Er hörte, dass wohl auch Friedel das Besprechungszimmer verlassen hatte und vermutlich vor der Toilette auf ihn wartete. Das war's, Endstation, in diesem miesen gefliesten Toilettencarrée, wo es nach chemischem Raumerfrischer roch. Er war in die Enge getrieben, seine Panik trieb ihm den Angstschweiß auf die Stirn. Er öffnete das milchige Fenster, es war gar nicht so tief bis zur Straße, und wenn man sich an der Regenrinne festhielt ...

Ein Kind spürt sehr genau, wenn es nicht gewollt ist. Es kann sogar sein, dass es das so stark spürt, dass es versucht, seine Existenz zu verschleiern. Jakob hatte sich stets bemüht, für seine Mutter eher unsichtbar zu sein, auch wenn er dadurch natürlich nicht weniger ungelegen war. Gleichzeitig wollte er aber mit allen Mitteln vermeiden, dass sie wusste, dass er wusste, wie ungelegen er für sie war, sonst hätte sie ein schlechtes Gewissen gehabt und alles wäre noch schlimmer gewesen. Ob es überhaupt eine Chance gegeben hätte, dass es irgendwie anders gelaufen wäre und sie ein schönes Leben gelebt hätten, ist unklar und tut auch nichts zur Sache. Vielleicht, wenn sie tatsächlich mal eine richtige Familie geworden wären, mit einem lieben Mann und einem Haus und allem. Aber das passierte eben nicht. Oder sie hätten in einer kleinen coolen Wohnung ein Künstlerleben leben können, hätten nicht viel gehabt, aber wären glücklich gewesen. So war es aber nun mal nicht angelegt in ihnen. Wie hatte er nur so blöd sein können, zu denken, er könnte jemals irgendetwas daran ändern? Seinem Schicksal entkommt man nicht. Niemals. Und überhaupt, was für eine spießige Idee, als glückliche Kleinfamilie im eigenen Haus auf dem Land zu leben? Aus welchem noch so entfernten, absurden Grund hätte er Mitbesitzer einer solchen Immobilie sein sollen? Das Schlimmste war, dass er sich tatsächlich darauf hatte einlassen wollen. Er ärgerte sich fast mehr darüber, dass er so dumm gewesen war, als darüber, dass er verarscht und ausgebootet wurde. Aber er würde die Enttäuschung wegstecken, dafür hatte er Methoden, das hatte er gelernt. Er würde die Enttäuschung in sich begraben, irgendwo ganz tief drin, und nur wenn es gar nicht anders ging, um sich vor neuen dummen Ideen und neuen Enttäuschungen zu schützen, würde er den Grabstein der alten Enttäuschung etwas anheben, ein bisschen zur Seite schieben, nur ganz wenig und in den Abgrund schauen. Dann wäre sie wieder da, sie würde in ihm hochsteigen und ihm die Kehle zuschnüren. Sie würde sich auf seinen Brustkorb hocken und ihm das Atmen schwer machen und er wäre gewappnet.

Der Zeitpunkt, an dem seine Mutter alle Hoffnung losgelassen und sich dem Alkohol ergeben hatte, war eigentlich eine Erleichterung für ihn gewesen. In gewisser Hinsicht war sie ab da schon wie gestorben, und das befreite ihn. Vielleicht war sie ja auch selbst endlich befreit, in diesem letzten, langen Delirium. Sie hatte losgelassen, ihren Körper hatte sie losgelassen, ihren Geist und letztendlich auch ihn.

Als Friedel ihr das einzige Mal begegnete, versuchte sie noch zu verbergen, dass sie aus dem letzten Loch pfiff. Sie trafen sich in einem Eiscafé. Seine Mutter trug ihren Pelzmantel, ihr ganzer Stolz. Er stammte aus einer

Zeit, wo Verehrer ihren heimlichen Mätressen noch ohne Bedenken Pelzmäntel schenken konnten. Unter dem Mantel, den sie dem Kellner zum Aufhängen gegeben hatte, trug sie einen ihrer Rollkragenpullover, dazu Bleistiftrock und Goldkette. Sie roch wie immer stark nach Zigaretten und leicht nach Sherry. Friedel nahm das alles gar nicht so wahr und nannte sie später eine sehr schicke Dame. Seine Mutter hatte sich auch wirklich ins Zeug gelegt, um Friedel die Grande Dame vorzuspielen, eine Grande Dame mit gelackten Fingernägeln, die eine kleine Kunstpause lässt, bevor sie mit verrauchter Stimme eine Lebensweisheit von sich gibt und dann selbstgerecht an ihrem Milchkaffee schlürft. Für eine Weile konnte man es ihr auch durchaus abnehmen. Vielleicht sah es auch wirklich nur Jakob, wie alt und unzeitgemäß ihre Garderobe doch eigentlich war. Hinterher meinte Friedel, dass er ungerecht wäre, bestimmt war es für seine Mutter nicht einfach mit ihm alleine, in einer Zeit, wo zumindest im Westen die Gleichberechtigung und staatlichen Hilfen für alleinerziehende Mütter noch völlig unüblich waren und so weiter und so weiter. Sie kapierte es einfach nicht.

Ob das Urnengrab überhaupt noch existierte, zu dem er höchstens zwei oder drei Mal hingegangen war? Er verband einfach nichts mit diesem Grab, und ganz offensichtlich auch sonst niemand. Peter hatte wenigstens noch eine Karte geschrieben, aber all die anderen

Männer wollten nicht mehr belastet werden mit dem Schicksal von ihm und seiner Mutter.

Immer wieder vibrierte das Telefon in seiner Hosentasche, aber was hätte er schon reden sollen mit Friedel? Er rief Marc an, der zumindest eine Möglichkeit war, um sich anständig zu betrinken und erst am nächsten Tag wieder nach Hause zu kommen. Dabei war Jakob sich gar nicht mehr ganz sicher, ob Marc überhaupt noch sein Freund war. Marc hatte gleichzeitig mit ihm studiert, Produktdesign, dann abgebrochen und eine recht angesagte Brillenmarke gegründet, wo die Gestelle mit 3D gedruckt wurden. »Das Ding ging durch die Decke«, hätte Marc den Vorgang beschrieben. Jakob mochte keine Dinger, die durch die Decke gingen, und wenn man ehrlich war, konnte er mit Marc spätestens ab diesem Moment nicht mehr viel anfangen. Um es ganz deutlich zu sagen: Marc war ein oberflächlicher Angeber, trotzdem auf eine Art großzügig, und er wusste immer, wo was los ist. Es machte Spaß, mit ihm unterwegs zu sein, zumindest zu der Zeit, als die Verwerfungen der Welt noch nicht ganz so deutlich überall mitschwangen. Als Jakob dann mit Friedel zusammenkam, hatte sich das irgendwie schnell erschöpft, es passte alles nicht mehr zusammen. Nicht dass Friedel und Marc sich nicht mochten, das hätte man so nicht sagen können, aber die ganze Dynamik, und dann eben Marc, der, wenn eine Frau in der Nähe war, so aufdrehte, dass seine Angeberei einfach nicht mehr zu ertragen war.

Er traf ihn auf einer Vernissage, aber natürlich hatte er wieder irgendeine Affäre im Schlepptau, was Jakobs Plan, mit ihm richtig abzustürzen, zumindest infrage stellte. Sie waren dann zwar noch kurz in einen Weinladen gegangen, in dem man auch sitzen konnte, aber das hätten sie sich auch schenken können. Jakob hatte einen Gewürztraminer aus dem Kühlschrank geholt, er hatte Lust auf dieses süße, schwere Getränk und ließ die Flasche an der Theke entkorken. Als er mit dem Wein und drei Gläsern zu ihrem Tischchen kam, mokierte sich Marc gleich über die Auswahl. Ob er denn blöd sei, davon bekäme man bloß Kopfschmerzen, und außerdem bräuchte Jakob jetzt einen Wein, der glücklich macht. Einen Saint-Émilion, wie Marc Bescheid wusste. Noch bevor Jakob sich etwas hatte eingießen können, riss er ihm die Flasche aus der Hand und stellte sie zurück auf die Theke. Jakob saß jetzt der Frau gegenüber, deren Namen er sich auf gar keinen Fall merken wollte, und ärgerte sich, dass er überhaupt so blöd gewesen war, sich in diese Situation zu bringen. Dann sagte sie auch noch, dass Marc erzählt hätte, dass er aufs Land ziehen wolle, und fragte, ob er das denn wirklich ernst meine, also so ganz. Zum Glück kam Marc mit dem neuen Wein zurück, und er konnte sich um eine Antwort drücken. Jakob schüttete sein Glas von dem fruchtigen Rotwein hinunter und verabschiedete sich zielstrebig.

Ihm fiel einfach nichts ein, was er hätte anstellen können, an diesem lauen Sommerabend in der für ihn völlig sinnentleerten Großstadt, und war dann doch viel zu früh zu Hause. Friedel war noch nicht mal da, bestimmt feierten sie ihren Coup, stießen mit Champagner und ein paar Langustinchen an, sie hatten ja auch allen Grund dazu. Ein Sieg auf ganzer Linie. Es gibt Momente im Leben, da muss jeder gucken, wo er bleibt. Er setzte sich an seinen Arbeitstisch und klappte den Laptop auf. Auf dem Bildschirm tauchten noch seine Suchen über weiß gelaugte skandinavische Holzfußböden auf. Das kam ihm jetzt wie der blanke Hohn vor. Friedel hatte zu dem Zeitpunkt schon längst gewusst, dass er aus dem Nest geworfen werden würde, und hatte ihn einfach weitersuchen lassen. Er schrieb: »Den Menschen, die es sich nicht leisten konnten, den Städten zu entfliehen, blieb nur die Betäubung durch immer groteskere Vergnügungen, bis ihnen das Lachen bis zum Kotzreiz im Hals steckte.« Natürlich konnte er in seiner Wut und Anspannung nichts Sinnvolles zustande bringen, aber es würde zumindest von außen so aussehen. Er hörte, wie sich der Schlüssel im Schloss drehte, schaute aber gar nicht hin, wie sie da im Türrahmen stand und ihn ansah. Sie atmete schwer, wahrscheinlich war sie die Treppen hochgerannt. Er hätte wirklich nicht da sein sollen. Er hätte ein paar Sachen gepackt haben und ohne irgendeine Notiz verschwunden sein sollen.

»Ach komm«, wollte sie Kontakt aufnehmen und kam auf ihn zu. »Sei doch nicht so.« Sie quetschte sich zwischen ihn und den Computer. »Lass mich«, sagte er und drückte sie weg.

»Es war die einzige Möglichkeit«, verteidigte sie sich. »Sonst hätten wir das Haus einfach nicht bekommen.«

»Du hast das Haus bekommen, du.« Friedels Haus würde auf jeden Fall das erste sein, welches die Eismassen unter sich begraben würden, wenn die Gletscher sich wieder in die Täler hineinschöben. Friedel wagte einen neuen Versuch, auf seinen Schoß zu kommen, hielt sich fest und kicherte: »Na und? Dann hab ich uns eben ein Häuschen besorgt!« Sie musste wirklich beschwipst sein. Diesmal schubste er sie mit voller Kraft von sich runter. Sie stolperte auf den Boden und blieb einfach liegen. Lag ausgestreckt da und lachte. Dann schlug ihre Stimmung um, sie wurde ein bisschen kampflustig. Sie setzte sich auf und fixierte ihn, dann krabbelte sie auf ihn zu.

»Ich schenke dir das Haus! Hier hast du es.« Sie tat so, als ob sie es vor ihn hinspuckte. »Es gehört dir.«

Er schüttelte den Kopf. Sie verstand überhaupt nicht, wie sehr sie ihn gedemütigt hatte. Wie abfällig sie und ihr lieber Papi und die Mami sich über ihn gestellt und ihm klar gemacht hatten, wo er hingehört. Sie verstand es nicht und hatte offensichtlich auch keine Lust, es zu versuchen. Dann legte sie los, wie unfassbar erbärmlich sie seine Mitleidsnummer fände und dass sie nicht anders könne, als darüber zu lachen, und dann lachte sie so saublöd künstlich, um ihm vorzumachen, wie sie über ihn lachte. Im gleichen Moment wurde sie wieder ernst und sagte, jetzt könnten sie endlich das Leben leben, das sie sich vorgestellt hätten, und wenn er das nicht kapiere, sei er selber schuld und dass er es einfach nie mitbekomme, wenn sich ihm eine Chance biete. Wenn die Chance da ist, muss man sie packen, so wie sie ist, sagte sie.

Er wollte heulen, wollte sie anschreien, aber seine Kehle war wie zugeschnürt. Sie stand vor ihm und schaute ihn mit ernstem Ausdruck an. »Ach komm«, probierte sie es schon wieder und hielt ihm ihre Hand hin. Er packte sie, dreht ihr den Arm auf den Rücken und drückte sie von hinten gegen den Tisch. Sie machte keinen Mucks. Er zerrte ihre Hose nach unten und presste ihre Hand über seiner Hose an seinen Schwanz. So war er eigentlich nicht, und so wollte er auch in Wirklichkeit nicht sein, aber zu seiner Überraschung ließ Friedel es einfach geschehen. Er hatte sogar das Gefühl, dass es sie anmachte, und das machte ihn noch wütender und noch geiler.

11

Als sich die Gletscher einhunderttausend Jahre später zurückzogen, hinterließen sie riesige Hohlräume, gefüllt mit Steinen und Eis. Tief in der Erde konnten die Eislöcher noch viele Generationen überleben, aber als es dann immer wärmer und wärmer wurde, musste auch das eingegrabene Eis schmelzen. Als das Wasser abfloss, blieb nur noch ein Loch voller großer Steine, das irgendwann in sich zusammenfiel und an der Oberfläche als Mulde zu erkennen war. Wie es unter diesen Mulden aussah, noch Hunderte von Metern in die tiefe kalte Erde hinein, wusste niemand so genau. Wenn es regnete, sammelte sich Wasser in den Mulden, und wenn es lange nicht regnete, trockneten sie aus. Die Menschen nannten die Mulden Himmelsteiche, weil sie sich nur mit dem Wasser des Himmels füllten, und maßen ihnen sonst weiter keine Bedeutung bei.

Die lange Straße durch den Kiefernwald machte ihnen keine Angst mehr. Sie stellten am Anfang der geraden Strecke den Tageskilometerzähler auf null, und nach 14 Kilometern öffnete sich die wunderschöne Endmoränenlandschaft und dann war es gar nicht mehr weit bis in ihr Dorf.

An diesem Nachmittag, Ende August, als sie zum ersten Mal das alte Drahtzauntor aufstießen und auf ihr

Grundstück fuhren, fühlte es sich noch ein bisschen unverschämt an, aber es war jetzt ihr Haus. Das Auto hatten sie randvoll bepackt mit allem, was man in der ersten Zeit brauchen würde, den Rest in einer Ecke in ihrer Stadtwohnung deponiert, die sie an ein finnisches Pärchen untervermietet hatten. Sie hatten sich geschworen, auf jeden Fall erstmal vier Wochen am Stück hier zu sein, ohne an die Stadt überhaupt zu denken oder gar noch was zu holen.

Jakob öffnete die Fahrertür und legte sich gleich neben dem Auto ins Gras. Es war schon recht hoch gewachsen, seit sich niemand mehr darum kümmerte. Wie schnell die Natur sich doch alles zurückholt, sobald keiner mehr da ist, der dagegen ankämpft, dachte Jakob. Unzählige Insekten füllten die Luft und eine dicke Hummel hangelte sich an einem Stengel entlang. Die tief stehende Sonne blendete ihn und er blinzelte in Friedels Richtung, die ihn mit einem langen Grashalm an der Nase kitzelte. Er konnte ihre Umrisse nur erahnen, genau wie ihr Lächeln. Jakob schnellte hoch, nahm Friedel auf die Arme und schleppte sie zum Haus. Dummerweise musste er sie nochmal absetzen, den Schlüssel aus der Hosentasche fummeln und rausfinden, wie das Schloss aufging, aber sie spielte mit und wartete geduldig. Er hätte es nicht für möglich gehalten, aber es erfüllte ihn mit Stolz, die Frau, die er liebte, über die Schwelle in ihr neues Heim zu tragen. Sie küssten sich und schauten sich tief in die Augen, aber dann hielten sie es keine Sekunde länger aus und mussten dringend alles inspizieren. Im Flur führte rechts eine einfache Holztreppe steil nach oben. Links und an der Stirnseite ging jeweils eine Tür ab.

»Oh, guck mal, der Spiegel.« Friedel stellte sich davor und tat so, als ob sie ihr Aussehen prüfte. Jakob zupfte mit spitzen Fingern einen Kamm, der mit Haaren und Schuppen verklebt war, aus einer Zigarrenkiste. »Und damit hat sie sich immer gekämmt.«

»Dann machen wir das auch so«, bestimmte Friedel. Sie nahm den Kamm und deutete an, wie sie sich damit kämmen würde, natürlich ohne ihre Haare wirklich zu berühren. Die Frau hatte ihre persönlichen Sachen und nur ein paar Möbel mitgenommen. Der Rest, und das war das Allermeiste, war stehengeblieben. Im kleinen Zimmer links lag noch ein alter Teppich, der aber ganz gut passte, man musste ihn nur mal richtig reinigen. Geradeaus war die Küche, in der es noch Einbaumöbel aus DDR-Zeiten gab, und dahinter lag eine Abstellkammer mit allerhand Krempel drin. Sie sprangen herum, zeigten sich Sachen und hatten gleich ganz viele Ideen, was man daraus machen könnte. Oben war ein Teil Dachboden und der andere Teil das Schlafzimmer, das bis auf den leeren Kleiderschrank so aussah, als ob die Vorbesitzerin noch hier wohnen würde. Das Bett war frisch gemacht und es lag eine gehäkelte Tagesdecke auf dem blass gestreiften Bezug. Sie ließen sich hineinfallen und waren voller Glück. Es war ganz still, nur draußen kreischte ein Eichelhäher.

Die Aussicht von hier oben war noch viel besser, als sie es sich vorgestellt hatten. Wie gut, dass kein anderes Haus mehr daneben lag und man den freien Blick in die Natur hatte, ohne menschliche Interventionen. Na gut, das Feld und auch der Wald dahinter waren natürlich von Menschen gemacht und bewirtschaftet, aber es war ja trotzdem Natur. Die Schwäne, die sie bei ihrem ersten Besuch in dem nahen Tümpel entdeckt hatten, waren in der jetzt zugewachsenen Mulde nicht mehr auszumachen. Aber hinten im Garten bewegte sich etwas. Als Jakob genauer hinsah, erkannte er die Nachbarin mit dem Damenbart, die im Gras hockte und pinkelte. Sie wippte etwas in der Hocke, um die letzten Tropfen abzuschütteln, wischte sich mit einem Papiertaschentuch ab, das sie daraufhin ins Gras warf, und zerrte ihre Leggings hoch. Dann hob sie einen Arm voll Gartengeräte aus dem Gras auf, nahm in die freie Hand einen Eimer mit Äpfeln und machte sich auf den Weg. Friedel reagierte als Erste, schnippte den Marienkäfer, den sie gerade hatte befreien wollen, weg und rannte nach unten. Jakob kam dazu, als die Nachbarin gerade hinter dem Schuppen auftauchte. Es war nicht ganz klar, ob sie überhaupt schon bemerkt hatte, dass sie da waren, jedenfalls ließ sie sich kein bisschen aus der Ruhe bringen. Im Vorbeigehen blinzelte sie Jakob verschwörerisch zu, so als ob er mit ihr im Bunde wäre oder sonst irgendwie Bescheid wüsste.

»Wo wollen Sie denn hin mit den Sachen?«, hielt Friedel sie auf.

»Das geht dich einen Scheißdreck an. Und damit du Bescheid weißt, ich hatt' der Alten den Krempel geliehen.« Friedel zeigte auf den Eimer und fragte, ob die Äpfel wohl auch geliehen wären. Die Nachbarin schmiss die Geräte auf den Boden, kippte den Eimer über ihrem Kopf aus, und die kleinen hellgelben Äpfel kullerten über die Einfahrt und unter das Auto.

»Fresst doch alles rein«, sagte sie, raffte die Geräte wieder zusammen und setzte ihren Weg fort. Etwas fassungslos schauten sie ihr nach. Gleich hinter ihrem Gartentor drehte sie sich noch einmal um, streckte ihnen die Zunge raus und schüttelte dabei den Kopf hin und her. Friedel zuckte nur mit den Achseln und begann demonstrativ gelassen, die Äpfel aufzusammeln.

Jakob fand den Auftritt schon recht bizarr und wusste nicht, wie er damit umzugehen hatte. Die Äpfel schmeckten süß und mehlig und waren tatsächlich schon reif, obwohl erst August war. Jetzt entdeckte Jakob auch Denny, der neben dem Nachbarshaus an seinem Auto herumschraubte und das ganze Spektakel offensichtlich mitangesehen hatte. Er hatte sich schon öfter ausgemalt, wie es wohl wäre, Denny zu treffen; wie es sein würde, vor ihm zu stehen, wenn einmal klar war, dass sie es waren, die seine Zukunftspläne vereitelt hatten. Seinen blauen Overall hatte er mit zusammengebundenen Ärmeln an der Taille befestigt und darüber trug er ein bedrucktes Shirt, dessen Aussage sich auf den ersten Blick nicht erschloss. Sein Flattop war frisch geschnitten und seine Hände und Arme ölverschmiert, und jetzt war er auf dem Weg zu ihnen. Durch das offene Tor kam er in ihren Garten. Friedel stellte den Eimer mit den Äpfeln auf die Treppe und ging kampfeslustig auf ihn zu.

»Das ist unser Grundstück«, sagte sie sehr bestimmt.

»Tach erstmal.« Denny zog sich einen OP-Handschuh von der rechten Hand und streckte sie Friedel hin. »Denny. Von hier drüben.« Friedel stutzte. »Friedel«, sagte sie etwas zögerlich und dann noch »Jakob und Friedel« und schüttelte seine Hand. Jakob gefiel es ein bisschen, wie dieses Landei seine Friedel so einfach entwaffnet hatte. Dann schüttelte Denny auch ihm die Hand und entschuldigte sich für »die alte Schachtel«, wie er seine Mutter nannte, und versprach, dass er »zeitnah mal mit ihr zusammenrücken« würde. »Ist ja nicht so schlimm«, sagte Friedel, und dass sie ohnehin Verfechterin der Idee des Commoning sei und das Teilen von Produktionsmitteln ihrer Ansicht nach immer wichtiger werden würde. Dann sagte keiner mehr was, was ein bisschen komisch war und Friedels letzte Worte irgendwie so ultimativ machte. Jakob hätte schon gerne gewusst, wie Denny sich fühlt, jetzt wo sie das Haus hatten und nicht er, aber das konnte er natürlich nicht fragen.

»Is hier 'n Hund durch?«, setzte Denny unvermittelt wieder an. »Müsst aufpassen, hat die Tollwut.« Friedel und Jakob schüttelten etwas ungläubig den Kopf.

Komisch, wie die Leute hier redeten, dachte Jakob. Entweder war es einfach nur Faulheit oder die Sprache war ihnen nicht ganz geheuer, eine Verdrossenheit über die Unzulänglichkeit des Sagbaren. Auf jeden Fall klang jeder Satz wie ein Schlusssatz und es war schwer, ein Gespräch in Gang zu halten. »Die Tollwut ist doch ausgerottet«, riss Friedel ihn aus seinen Gedanken. »Nix is ausgerottet«, erklärte Denny. »Kommen alle aus Polen wieder rüber.«

Natürlich machte es Denny Spaß, die Neuankömmlinge zu verunsichern, irgendwie konnte man es ihm auch nicht verübeln. Jakob ärgerte sich ein bisschen, dass er nicht schlagfertiger hatte reagieren können. Vielleicht hätte was über die geschmuggelten Zigaretten gepasst. »Klar, und bringen auch noch Kippen mit.« – Aber das hätte vielleicht einen zu rassistischen Ansatz gehabt, weil ja eigentlich die vietnamesischen Gastarbeiter, die nach dem Untergang der DDR plötzlich auf sich alleine gestellt waren, den Zigarettenschmuggel übernommen hatten. Sonst hätte Denny möglicherweise noch »Machen doch die Fidschis« gesagt.

Die erste Zeit auf dem Land, der erste Herbst, war vielleicht die schönste Zeit in ihrem Leben. Natürlich hatten sie sich schon immer gut verstanden, aber so wie jetzt, einen so innigen Gleichtakt, den hatte es vorher nicht gegeben. Sie ließen sich durch die Tage treiben, misteten immer mal wieder ein Stückchen in einem

Schuppen oder im Haus aus, domestizierten ein weiteres Stück des Gartens und machten lange Spaziergänge. Sie hatten sich auch vorgenommen, jeden Tag einmal schwimmen zu gehen, solange es noch irgendwie möglich wäre.

Heute war außer ihnen keiner an der Badestelle, und sie konnten ungestört nackt baden. Im ersten Moment blieb Jakob die Luft weg, aber bald schon gewöhnte sich die Haut an die neue Temperatur und ab da war es wunderbar. Wie immer war Friedel mit ihrer Schwimmbrille gleich davongekrault, während er sich lieber treiben ließ und sich vorstellte, wie tief das Wasser unter ihm wohl sein mochte. Wenn er so auf dem Rücken im Wasser lag, war er der Mittelpunkt der Welt. Sie hatten es nie so genau benennen können, erst jetzt, wo das Gefühl der Anspannung, das sie in der Stadt begleitet hatte, von ihnen abgefallen war, spürten sie, dass es die ganze Zeit da gewesen war. Der diffuse Druck der nahenden Katastrophen, der sofortiges Handeln erfordert hätte, zur gleichen Zeit aber jeden Einzelnen zur Ohnmacht verurteilte, war verschwunden. Dass die Katastrophe einen hier weniger erreichen würde, war natürlich eine Illusion, wobei Jakob sich da gar nicht so sicher war. Aber das war ja auch irgendwie egal.

Als sie sich abtrockneten, entdeckte er ein kleines Skelett, das im Schilf trieb. Für eine Ratte waren die Beine zu lang, und ein junger Hase hätte keinen Schwanz gehabt. Er wollte es mit einem Stock aus dem Wasser angeln, aber als Friedel fragte, was da ist, ließ er es lieber bleiben. Erst als sie im Gras lag und die letzten Sonnenstrahlen genoss, holte er das Skelett doch noch heraus und legt es in seine Hand. Es passte genau hinein. Wie schnell doch die organischen Materialien wieder in den Kreislauf der Natur eingingen, dachte Jakob, als er die Gebeine des Tieres nun unbemerkt studieren konnte. Es sah sehr friedlich aus, wie es da in Embryostellung in seiner Hand lag. Jakob dachte an die Biologie und wie sie doch letztendlich alles beherrschte. Dann ließ er es zurück ins Schilf gleiten und blickte zu Friedel, wie sie da lag, nackt im Gras, ein Säugetier.

Um richtig mit dem Garten anzufangen war es eigentlich zu spät im Jahr, aber das war ihnen auch ganz recht. »Nur so zum Test«, sagte Friedel, als sie dann doch Wintersalate und Spinat säte. Dabei hielt sie ihm immer wieder ihren selbst gebastelten Garten-Monatskalender unter die Nase, bis Jakob es endlich kapierte. Im April stand da in ihrer schönsten Schrift: *Geburt.*

Liebe Mutter,

so, jetzt ist es so weit: Ich werde wirklich Vater. Man darf das ja eigentlich erst nach drei Monaten herumposaunen, aber bei Dir ist das etwas anderes und ich halte auch einfach nicht aus, dass Du es nicht weißt. Es gibt Momente im Leben, wo sich alles fügt, auch wenn davor alles durcheinander und unentwirrbar schien. Jetzt muss ich gar keine dunklen Gedanken mehr denken. Weißt Du, Probleme gibt es nicht wirklich, sondern nur Gedanken an Probleme. Und wenn man nur die richtigen Gedanken denkt, ist alles in Ordnung.

Gut nur, dass es immer genug am Haus zu tun gibt, Verbundfenster, Hartbrandziegel, Gipskartonplatte, ja, da staunst Du!

Dein Jakob

Es war gar nicht so leicht, in seinem Arbeitszimmer, also dem kleinen Zimmer neben der Küche, die richtige Anordnung zu finden, und er hatte seinen Schreibtisch ein paar Mal wieder umstellen müssen. Friedel telefonierte in der Küche irgendwelchen Gutachtern hinterher. Sie war überzeugt, dass die Decke in ihrem Schlafzimmer aus Asbest war, und auch wenn er ihr versicherte, dass das kein Problem darstellte, solange sie keine Löcher hineinbohrten oder daran herumsägten, bestand sie darauf, irgendeiner Person mit einem Zertifikat viel Geld zu geben.

Der Schreibplatz musste auf jeden Fall geschützt sein und doch einen idealen Überblick bieten. Weil das Fenster aber gleich gegenüber der Tür lag, war das kaum möglich. Wenn er den Tisch vor das Fenster stellte, bestand die Gefahr, dass der Schriftsteller zu viel rausguckt bei der Arbeit. Außerdem war die Tür im Rücken und jederzeit könnte jemand reinkommen, ohne dass man den Eindringling vorher sah. Er versuchte, den Tisch schräg links in die Ecke mit der Fensterwand zu stellen. Natürlich kam das Tageslicht dann von rechts, und da er Rechtshänder war, machte er einen Schatten auf das Geschriebene, also rückte er den Tisch in die Ecke rechts vom Fenster und stellte ihn dort schräg. Das war perfekt, also den Umständen entsprechend das Beste, was man machen konnte. Wenn er nach rechts schaute, hatte er die Tür im Blick, und nach links konnte er aus dem Fenster sehen. Wenn er sich etwas zurücklehnte, vielleicht sogar mit dem Stuhl nach hinten kippte, konnte er sehen, wenn jemand vor ihrem Haus anhielt, und auch das Haus der Nachbarn und die Plastiktür. Seinen Brotjob hätte er natürlich genauso gut am Küchentisch erledigen können, aber für die Arbeit am Roman war ein gutes Schreibzimmer essentiell. Bei dem Job, den er sich vor gut zwei Jahren organisiert hatte, ging es lediglich darum, dass ein Muttersprachler sich die unterschiedlichsten Texte ansieht und eindeutige sprachliche Fehler korrigiert. Man musste dabei nicht viel denken, und die vereinbarten vier Stunden täglich konnte man ganz gut in zwei schaffen. Von außen konnte man natürlich nicht sehen, ob er gerade seinem Nebenjob nachging oder einer ernsthaften Tätigkeit, und er ließ Friedel auch gerne darüber im Unklaren. Der Nebenverdienst brachte ihn über die Runden und zusammen mit Friedels Festanstellung ging es ihnen eigentlich ganz gut.

Er war gerade dabei eine Strategie zu erarbeiten, wie seine Notizen in eine bessere Ordnung zu bringen wären, um sie dann im Arbeitsprozess optimal nutzen zu können, also ohne jedes Mal den Schreibfluss dafür unterbrechen zu müssen, als ein Marienkäfer am Tischbein hochkrabbelte. Marienkäfer gab es hier wirklich viele, irgendwann würde er der Sache auf den Grund gehen, aber nicht jetzt. Seine Notizen müssten alphabetisch, zur gleichen Zeit aber auch semantisch geordnet werden.

Wie könnte eine Ordnung so und gleichzeitig auch anders sein? Der Marienkäfer hatte es geschafft, unten an der Tischplatte entlangzulaufen, und krabbelte jetzt über die Kante nach oben. Früher dachte Jakob, die Anzahl der Punkte hätte irgendwas mit ihrem Alter zu tun, aber das ist natürlich Quatsch. Siebenpunktkäfer haben sieben Punkte, Zweipunktkäfer zwei. Dieser hier war ein asiatischer Harlekinkäfer, bei dem die Punkte irgendwie sind und keine Rolle spielen. Das war's dann aber auch schon mit seinem Marienkäferwissen. Wobei natürlich die Verdrängung des europäischen Siebenpunkt durch den asiatischen Harlekin schon eine Sache wäre, die zu recherchieren sich lohnen könnte. Er beobachtete, wie die kurzen Beinchen die überdimensionierte Kuppel mit allem Lebenswichtigen darin durch die Gegend bugsierten. Es war unklar, ob der Käfer irgendein Ziel verfolgte oder einfach nur nach Lust und Laune mal da und mal dort langging. Er war auf seine Hand gekrabbelt und schien sich dort ganz wohl zu fühlen, aber dann ließ er sich ganz ohne erkennbaren Grund fallen und landete mit seiner Halbkugel auf dem Tisch. Jakob sah zu, wie er mit den Beinchen ruderte. Er schien keine Chance zu haben, sich aus eigener Kraft wieder umzudrehen, eigentlich ganz schön unpraktisch. Als er ihm zurück auf die Füße geholfen hatte, lief der Käfer einfach unbeirrt weiter. Jakob stierte auf das geöffnete Dokument und schnupperte an seinem Finger, der jetzt nach Marienkäferangst roch. Seit gut zwei Jahren füllte er nun dieses und weitere Dokumente mit mehr oder weniger zusammenhängenden Notizen. Es steckte viel Arbeit und Recherche in diesen Aufzeichnungen, und wenn er sich das genau überlegte, dann konnte ihn diese Tatsache durchaus nervös machen. Im Augenwinkel sah er noch einen zweiten und dritten Marienkäfer, kümmerte sich aber nicht weiter darum. Eigentlich musste er die Notizen nur in die richtige Reihenfolge bringen, und alles ergäbe einen Sinn. Das System, das er sich ausdachte, würde die Sache wie von selbst erledigen, wenn erstmal alles richtig aufgesetzt wäre. Wenn er dann richtig drin wäre im Schreibfluss und was zu einem Thema suchte, müsste er nur »Schn« eingeben, und sofort würde alles über Schnecken, Schnee und Schneisen auftauchen.

Es war ein düsterer Tag und ein gleichmäßiger, sanfter Regen hatte eingesetzt. Die Plastiktür drüben klackte, aber er schaute gar nicht hin, er wusste ja, was es war. Er scrollte in der längsten und ältesten der Dateien, die es als Materialsammlung gab. Die verschiedenen Materialsammlungen funktionierten zwar jede für sich alleine, standen aber auch in Bezug zueinander. In Benutzer/Dokumente/Roman_II-Notizen-Beobachtungen/Natur waren die Naturbeobachtungen zu finden, in ~/Mythologisches mythologisches und in ~/etc kamen Ortsbeobachtungen und alles Weitere. Nur um es aus dem Kopf zu kriegen, lehnte er sich doch kurz zurück und schaute nach links. Sie hatte sich einen Schaukelstuhl in die offene Tür gezogen und innen brannte Licht. Er konnte es nicht genau erkennen, aber es sah so aus, als trüge sie nur ein Negligé. Das Negligé oder der Unterrock war hautfarben, irgendwie seltsam. Sie hielt ein Glas mit einem Strohhalm in der Hand und schaukelte im Stuhl hin und her. Vielleicht hatte sie auch Musik angemacht, zu hören war aber nichts.

Er stellte sich ans Fenster, ein bisschen hinter die Gardine, die noch immer da hing, sodass man ihn von draußen nicht sehen konnte. Er war sich fast sicher, dass sie unter dem Negligé nichts anhatte, auf jeden Fall ahnte er recht große Brustwarzen. Körper, haarig, Brustwarzen. Semantik: Erregung. Jakob stieg die Hitze in den Kopf. Der Regen war stärker geworden, eine Wohltat nach so langer Trockenheit.

Er hörte die Haustüre und gleich darauf kam Friedel in sein Zimmer gestürmt. Sie hätte ja auch mal klopfen können oder die Tür zumindest erstmal vorsichtig aufmachen, aber Friedel achtete gar nicht auf ihn. »Guck mal, unser Erich ist wieder da.« Sie hatte eine Katze auf dem Arm, die sie mit ihrer Jacke vor dem Regen geschützt hatte. Die Katze sah ihrer Katze tatsächlich erstaunlich ähnlich. Sie hatte den gleichen weißen Fleck über der Nase und auch die dunklen Pfoten, aber Jakob wusste ja, dass es nicht ihre Katze war.

»Das ist sie nicht«, sagte er recht bestimmt.

»Na klar, ich erkenn sie doch wieder.«

Als Jakob dem Tier, welches auch immer es war, über den Kopf streichen wollte, fing es an zu fauchen und schlug mit ausgefahrenen Krallen nach seiner Hand.

Sie einigten sich darauf, dass es also doch ›ihre‹ Katze war, dass sie aber nicht im Haus bleiben durfte, sondern eine Draußenkatze sein würde.

Als Jakob wieder seinen Schreibplatz einnahm und nur noch einmal kurz nach drüben sah, war die Nachbarin nicht mehr da. Er sah gerade noch, wie die Terrassentür hinter jemandem zugemacht wurde, der nicht die Nachbarin war, und dann wurde ein Türschmuckherz weggenommen und die Gardine vorgezogen. Der herzförmige Türschmuck war ihm vorher gar nicht aufgefallen, was ihn wunderte, weil so ein Türschmuckherz würde er eigentlich durchaus registrieren. Sie musste es erst kürzlich angebracht haben. Aber warum hatte sie es abgenommen, bevor sie die Gardine vorzog? Es hatte einfach überhaupt keine Bedeutung, und er konzentrierte sich lieber wieder auf sein Dokument, scrollte in seinen Notizen nach unten und blieb bei einem Abschnitt zur Domestizierung der Haustiere hängen. Wahrscheinlich war sie mit ihrem Sohn irgendwo einkaufen gewesen, wo es gerade Türschmuckherzen gab, und dann sagte sie »Guck mal, ist das nicht hübsch, dieses Herz? Das könnte ich an meine Tür hängen.« Es war einfach ganz unmöglich, jetzt noch irgendetwas zustande zu bringen, und er entschied, erstmal loszufahren.

Seine kleinen Ausflüge waren für ihn zu einer willkommenen Abwechslung geworden und auch die einzige Möglichkeit, mal für sich alleine zu sein. Die Exkursionen blieben meist in einem Umkreis von 20-50 Kilometern und waren für ihn der Schlüssel zu diesem Landstrich – und der Landstrich war der Schlüssel zu seinem Text. Der alte Volvo verbrauchte unglaublich viel Benzin, aber auf eine Art gehörte auch das dazu. Die Nadel der Tankanzeige, die sich auch schon auf kurzen Strecken merklich nach links bewegte, war Beweis seiner Produktivität. Friedel durfte das natürlich nicht so genau wissen, aber glücklicherweise brachte sie die zurückgelegte Strecke nicht in Zusammenhang mit dem wahrscheinlich verbrauchten Treibstoff.

Der Stein, den Jakob heute aufsuchte, war, wie die meisten Steine, gar nicht so besonders, noch nicht mal besonders groß. Er stand auf einer Grasfläche, die sich Schlosspark nannte, mitten in einem Ort oder Flecken, der sich vor allem durch die Ausstellung eines Traktorenhändlers auszeichnete. Der Stein war einen knappen Meter hoch und oben flach. Der Regen war stärker geworden und Jakob wäre fast schon wieder einfach zurückgefahren, aber das ging natürlich nicht. Der Klappschirm, der immer im Auto lag, hatte schon eingeknickte Drähte und schützte ihn nur wenig vor dem Regen. Auf dem Schild, das umgetreten neben dem Stein lag, war zu lesen, dass es sich um die »Heidenkanzel« handelte, von der aus ein Priester immer die Messe gelesen hätte. Der Priester, der neu ins Dorf gekommen war, predigte so lange, bis auch der letzte Bauer in dem Ort ein Christ geworden war. Aber auch als alle getauft waren und sogar eine Kirche errichtet worden war, blieben die Dorfbewohner in ihrem Innersten Heiden. Wann immer jemand in ihr Dorf kam und an ihre Barmherzigkeit appellierte, warfen sie Steine nach ihm und jagten ihn fort. Sie waren so hart und so stur, dass irgendwann Gott selbst zu ihnen herunterkam. Aber auch der wurde aus dem Dorf gejagt. Da verwandelte Gott alle Bauern in Steine, die dann um die Heidenkanzel herum standen. Mehr konnte Jakob nicht lesen, weil irgendwer mit einer Zigarette oder einem Feuerzeug ein Loch in die Plastiktafel gebrannt hatte. Die Steine, also die unbelehrbaren Bauern, störten später bei der Landbestellung und wurden weggebracht oder eingebuddelt oder in die Himmelsteiche geworfen. Nur die Heidenkanzel selbst ließ man stehen und erklärte sie zum Kulturdenkmal. Jakob fragte sich schon, was er hier eigentlich machte und warum er glaubte, nichts Besseres zu tun zu haben, als sich zu diesem beknackten Stein zu flüchten. Aber so war es eben mit der Recherche und letztendlich wusste man nie, was einem was brachte und was nicht.

Er suchte noch nach dem Schloss, das zu dem Schlosspark gehören musste, aber davon war nichts mehr übrig. Stattdessen stand an der Stelle ein verlassener Plattenbau, vor dem Sträucher und kleine Bäumchen durch die Gehwegplatten wuchsen. Jakob betrachtete die eisernen Wäschestangen, die seitlich neben dem Haus vor sich hinrosteten, und dachte an die Schichten, die sich immer übereinanderlagerten. Er stellte sich die Stimmen der spielenden Kinder vor, die hier gewohnt haben mussten, und die Frauen in ihren Nylonschürzen, die im Osten Dralon hießen, und die Männer tranken das Bier, das mit Galle gewürzt war anstatt mit Hopfen. Erst als er die Kirchturmglocken läuten hörte, realisierte er, dass er die Zeit ganz vergessen hatte und viel zu spät für die Teezeremonie war. Er rannte zum Auto, um schnell zurückzufahren.

Komischerweise war dieses Ritual – die Teezeremonie täglich um vier – eine richtige Institution für ihn geworden. Dabei bedeutete es nichts weiter, als sich mit Friedel auf die Stufen vor ihrem Eingang unter das gelbe Welldach zu setzen, aus selbstgetöpferten Schälchen Tee zu trinken und für zwanzig Minuten nicht zu sprechen. Die Autoscheiben beschlugen von den Ausdünstungen seiner nassen Kleidung und er kurbelte sein Fenster runter. Der Regen hatte etwas nachgelassen, die Luft war wunderbar frisch. Nach einer Weile rissen sogar die Wolken auf und die Sonne brach dazwischen hervor. Jakob hatte das ganz sichere Gefühl, dass er jetzt angekommen war, genau in diesem Moment. Alles war so klar und er würde überhaupt nicht mehr herumfahren müssen zu beliebigen Steinen, und um irgendwelche Strohherzen müsste er sich auch keine Gedanken mehr machen. Nur schnell zurück, nach Hause, zur Teezeremonie, das war das Einzige.

Natürlich saß Friedel schon auf den Stufen unter dem Plastikdach. Und neben ihr saß Denny. Friedel hatte sogar noch einen Kuchen gebacken und die beiden schienen sich bestens zu unterhalten. Und dafür hatte er sich so beeilt? Eigentlich hatte er gedacht, dass dieser Moment nur für sie beide reserviert war. Aber gut, er war ja auch zu spät, und wahrscheinlich war das jetzt einfach gar keine Teezeremonie. Fast hätte er lachen müssen, als er sah, wie ungelenk der Nachbar aus dem Schälchen trank. Jakob holte sich extra kein Schälchen aus der Küche, sondern irgendeine Tasse, und weil auf den Stufen nicht genug Platz war, stellte er sich etwas ungemütlich vor die beiden hin. Friedel war gerade dabei, von ihrer Idee des Instituts zur Bedarfs- und Bedürfnisfindung zu erzählen, wobei man sich das Institut eher als einen virtuellen Ort vorstellen sollte, ein Cluster für eine Art offene Forschung. Immer wenn Friedel von ihrer Arbeit erzählte, hörte sich das für Jakob wie leere Phrasen an. Warum erzählte sie nicht einfach, um was es bei ihrer Arbeit wirklich ging: PDFs erstellen, um Gelder von Bauträgern und Kommunen zu erhalten, um Studien und Umfragen durchzuführen und daraus weitere PDFs zu erstellen.

Wenigstens hatte Jakob, als Friedel so redete und Denny zumindest so tat, als würde er ihr folgen, zum ersten Mal die Gelegenheit, seinen neuen Nachbarn aus der Nähe zu betrachten. Ganz offensichtlich legte Denny viel Wert auf Ordnung, im Garten wie auch bei seiner Kleidung, die zwar billig, aber makellos sauber und ohne Löcher oder abgewetzte Stellen war. Sein Gesicht war etwas fleischig mit schmalen hellen Lippen, man erkannte auf jeden Fall seine Mutter darin. Vor allem durch die grünen Augen, die mit ihrer unnatürlichen Farbigkeit immer etwas fremd in ihm drin saßen und ihn manchmal auf eine Art distanziert wirken ließen. Wie ein Tier, das lauert, äußerlich ausdruckslos, aber innerlich in höchstem Maße angespannt. Die aufgestellten kurzen Haare mit den abrasierten Seiten sehen halt immer beknackt aus, aber das kommt wahrscheinlich auf die Perspektive an. Denny schaute jetzt schon eine Weile reglos in den Garten und sagte dann mitten in Friedels Ausführungen hinein: »Hier müsste auch mal wieder gemäht werden«, und dann nach einer kleinen Pause: »Kann ja mit dem Rasentraktor mal drüberfahren.«

Friedel stutzte, war sie doch in ihrem Redefluss abrupt gestoppt worden, schwenkte dann aber schnell um. »Das würden Sie machen?«

»Klaro.«

»Hatten wir nicht gesagt, wir wollen das Gras eher wachsen lassen?«, mischte Jakob sich jetzt zum ersten Mal ein.

Denny kippte den letzten Rest Tee runter und stand unvermittelt auf. »Man sieht sich«, sagte er. »Muss noch bei den Turtles bei.«

»Turtles?« fragte Jakob.

»Schildkröten. Haben Junge bekommen. Ganz selten in Gefangenschaft.« Dann drehte er sich um und verschwand nach drüben.

»Denny macht die Decke raus«, informierte ihn Friedel. »Morgen um sieben kommt er.«

»Aha, und die ganzen Sachverständigen?«

»Die machen die Decke nicht raus«, sagte sie lapidar und verschwand im Haus.

Wie immer hatten sie sich früh hingelegt. Friedel war schnell eingeschlafen, aber Jakob lag noch wach und schaute an die Decke. Wie spontan sie doch immer ihre Entscheidungen umwarf. Erst redete sie von Kontaminierung und Sachverständigen und dann ruft sie einfach Denny rüber. Der kann sich ja seine Lungen ruinieren, ist ja nur ein Dorfdepp. Es tat ihm gleich leid, ihr irgendwelche Absichten zu unterstellen, wusste er doch genau, dass sie nur das Richtige tun wollte. Und das wollte er auch. Gleich morgen würde er mit Denny die Decke entfernen und alles wäre bestens. Und überhaupt, er würde einen Wickeltisch bauen und die Küche und das Wohnzimmer richtig planen. Er würde lernen wie man haltbare Holzverbindungen herstellt und dann ein richtig cooles Bett für sich und seine Familie entwerfen.

Er drehte sich zu Friedel. In der Dunkelheit konnte er sie zwar nicht sehen, aber ihrem gleichmäßigen Atem lauschen. Er stellte sich das Embryo vor, mit offenen

Augen im Fruchtwasser und genauso wach wie er. Vorsichtig fasste er an Friedels Bauch und fuhr dann mit der Hand etwas höher. Im Gegensatz zum Bauch waren ihre Brüste schon deutlich größer geworden. Er bekam eine Erektion und stellte sich vor, ihr das altertümliche Nachthemd, das sie sich fürs Landleben besorgt hatte, etwas hochzuschieben, sodass sie es gar nicht merkte. Nur nicht reinsteigern, dachte er und stand nochmal auf.

Seit sie sich wegen der Schwangerschaft noch bewusster und gesünder ernährten, hatte er unbändige Lust auf alles, was Friedel nicht zu sich nehmen durfte. Rohmilchkäse, weiche Eier, rohes Fleisch, Rollmops und so weiter. Im Kühlschrank war natürlich nichts davon zu finden. Er öffnete einen der Oberschränke, wo auch noch Zeug von der alten Frau drin war, und entdeckte eine Dose Sprühsahne. Die hält ja ewig, dachte er, schüttelte die Dose und applizierte einen beachtlichen Berg davon auf ein Stück Apfeltarte, das noch von der Zeremonie übrig war. Er setzte sich damit vor den Computer und tippte »Harte Nippel« und »schlafend« bei seiner Lieblingspornoseite ein. Also nicht, dass er eine Lieblingspornoseite gehabt hätte, er kannte ja gar nicht so viele, aber die hatte er sich gemerkt. Er scrollte einmal runter und wieder rauf und klickte dann auf ein Bildchen, auf dem eine Frau ein Nachthemd anhatte. Es war ja schon wirklich schlimm, wie die Darstellerinnen in diesen Clips zu reinen Objekten degradiert wurden.

Wer würde schon so daliegen, dass die Schamlippen gerade eben noch unter dem Hemd zu sehen waren? Jakobs Atem wurde flach und schwer. Er blickte sich um, wenn Friedel runterkäme, würde er sie ja hören. Jetzt gesellten sich zwei Männer zu dem Mädchen, von denen einer sehr behaart war, ein echter Widerling. Man konnte kaum mit ansehen, was sie mit der zierlichen Frau alles anstellten. Wenn er jetzt nicht langsam machte, würde er sofort kommen und alles wäre vorbei. Er quetschte seine Eier und zog sie nach unten. Jakob hatte auf einmal das ganz eindeutige Gefühl, dass es mit seinem Buch gar nicht so schwer sein würde. Im Grunde musste er es ja nur hinschreiben, alles war schon da, in seinem Kopf. Er schaute sich um nach etwas, in das er abspritzen konnte. Oder einfach in die Hand. Auf einmal tauchte ein Gesicht vor dem Fenster auf. Im Reflex knallte er den Deckel des Laptops zu und machte das Licht aus. Er drückte seinen steifen Schwanz in die Unterhose und lauschte. Nichts. Nach dem Schrecken dauerte es nicht lange, und die Erektion war fast ganz verschwunden. Das Licht ließ er aus, nahm ganz unschuldig das letzte Stück Kuchen und spähte vorsichtig aus der Tür. Durch die dichten Wolken drang kaum Mondlicht, die Straße und die Büsche waren nur als Schemen zu erkennen. Natürlich war niemand da. Er stellte sich vors Haus, das war ja lächerlich, sich so zu erschrecken. Neben dem Rascheln der Blätter und einigen Regentropfen hörte man nur etwas entfernt die Grillen zirpen, oder waren es Frösche? Oder Unken? Er musste wirklich aufpassen, nicht irgendwie schräg draufzukommen hier draußen. Mit einem Schlag knallte die Tür hinter ihm zu. Er schnellte herum, etwas rempelte ihn an und die Apfeltarte war verschwunden. Vor Schreck ließ er den Teller fallen, der auf den Steintreppen zerschellte. Das Tier flüchtete geräuschvoll wieder ins Gebüsch. Jakob wollte sich in Sicherheit bringen, aber der Schlüssel, den sie tagsüber immer stecken ließen, war nicht im Schloß. Verdammter Mist. Er drückte sich mit dem Rücken an die Wand und starrte in die Dunkelheit. Er würde Friedel aufwecken müssen. Ob der Porno noch lief? Er hörte ein knurrendes Fauchen aus den Büschen und etwas zeichnete sich schemenhaft gegen den Nachthimmel ab. Ein Tier, aber größer als ein Tier, aufrecht. Jakob war voller Adrenalin, sein Gehirn war ausgeschaltet. Er sah, dass das Fenster im Giebel offenstand. Wieder ein Fauchen. Jakob sprang am Spalier hinauf. Die Dornen der Rosen schnitten sich in seine Haut, aber das war jetzt nebensächlich. Er schaute nicht hinter sich, spürte aber, dass es ganz nah war. Etwas ratschte ihn am Knöchel, gleich würde es ihn haben und herunterreißen. Er hatte Todesangst, das kleine Fenster war die letzte Rettung. Eine Spitze bohrte sich in seine Hand, tiefer als die Rosen, aber Schmerz empfand er nicht und zog sich mit aller Kraft nach oben. Er ließ sich in den Flur plumpsen, sprang sofort wieder auf und knallte das Fenster hinter sich zu. Er spähte nach draußen, nichts zu sehen. Er keuchte und sein Herz arbeitete so kräftig, dass es in seinen Ohren sauste. Fuck! Fuck, Fuck, Fuck.

Friedel schlief tief und fest. Er schlich an dem Zimmer vorbei und verarztete im Bad die Wunde an seiner Hand, die ziemlich stark blutete. Er musste in ein rostiges Eisen oder sowas gegriffen haben, auf jeden Fall war die Wunde recht tief und verschmutzt. Das Klopapier, das er notdürftig herumwickelte, war sofort durchweicht, und er nahm stattdessen ein Handtuch. Die anderen Schrammen und Blessuren waren halb so schlimm. Kaum zu glauben, dass Friedel von alldem nichts mitbekommen hatte. Er legte sich neben sie und schaute wieder an die Decke. Nach kürzester Zeit setzte ein Pochen ein, das sich ausgehend von der Hand über den ganzen Arm verbreitete. Trotz der Schmerzen fiel Jakob bald in einen tiefen, traumlosen Schlaf.

Warum, warum, warum? Er merkte schnell, dass das, was in der Nacht passiert war, lieber nicht erzählt werden wollte. Es sperrte sich, und je mehr Friedel es herauszulocken versuchte, verkroch es sich. Was für ein Tier sollte das gewesen sein? Und was hatte er da überhaupt gemacht, draußen vor der Tür? Und warum war er über das Spalier hochgeklettert, er wusste doch, dass im alten Hühnerloch ein Schlüssel versteckt lag.

Sobald sich die Gelegenheit ergab, verdrückte Jakob sich ins Badezimmer und betrachtete seine Hand. Die

Wunde sah schlimm aus. Das Beste wäre sicherlich gewesen, sie nähen zu lassen, aber dazu war es jetzt vermutlich zu spät. Er drückte die offene Stelle so gut es ging zusammen und wickelte einen Klammerverband mit Tesa und dann noch einen Mullverband drumherum. Wenn er die Augen zumachte und sich darauf konzentrierte, spürte er ein kräftiges Ziehen, das immer wieder den Rhythmus seines Pulsschlags wiedergab. Jakob hielt den Arm mit der verletzten Hand nach oben, und das Pumpen des Pulses wurde schwächer. Ganz langsam führte er die Hand wieder nach unten, und das stete Klopfen drängte wieder nach vorne.

Er setzte sich an seinen Schreibtisch und öffnete den Computer. Den Porno klickte er schnell weg. Wie absurd, sich sowas überhaupt anzusehen. Er las an zwei, drei Stellen in seine Notizen rein, aber alles, was da stand, kam ihm entsetzlich aufgesetzt vor. Eigentlich konnte man die ganze Sache so gar nicht angehen. Alles wirkte leer und entfernt von ihm, die Anbiederung an die fremde Landschaft, das Stören der Totenruhe der alten Geschichten, die aufgeblasene Suche nach Bedeutung, überhaupt die ganzen Themen, die in Listen und Unterlisten geordnet waren, alles. Er lehnte sich zurück und sah zu der Plastiktür. Niemand da. Die Katze schlich zu ihm herein und drückte sich an sein Bein. Dann entdeckte er, was sie ihm gebracht hatte: eine kleine tote Feldmaus. Er zögerte, sie zu belohnen, aber dann streichelte er ihr doch über den Kopf. Ihr ganzer Körper fing zu vibrieren an, begleitet von einem Schnurren. Er schob den ganzen *Roman_II*-Ordner mit allen Unterordnern in den Papierkorb und leerte ihn. Endlich war er frei.

III

Als die Adeligen und Fürsten die Wälder und Felder des Landes untereinander aufteilten und nicht ahnen konnten, dass genau hier vor langer Zeit einmal die Gletscher aufgehört hatten, wiesen sie ihre Vasallen an, die vielen Steine, die immer wieder aus den Feldern herausragten, in die Himmelsteiche zu werfen und alles mit Erde zu bedecken. Jetzt waren die Felder steinlos glatt und man musste nicht mehr umständlich um die Tümpel herummähen. Die Landherren priesen sich, wie klug und mächtig sie doch waren. Aber im zweiten Jahr war die Stelle bereits wieder eingesunken und im dritten Jahr sammelte sich dort das Regenwasser und die Mulde wurde so schlammig, dass das Vieh von alleine nicht mehr herauskam. Und aus dem Ackerboden ragten überall neue Steine.

Jakob hatte sich schon gedacht, dass da was nicht stimmen konnte, wenn einer ohne Not um sieben anfangen will zu arbeiten. Jetzt war es gleich acht und Denny immer noch nicht da. Die Feuchtigkeit stieg als Dunst in Schwaden aus der Erde und den Wäldern auf. Die Kiste mit Äpfeln, die sie unter ein paar Bäumen auf dem Weg zum See aufgesammelt hatten, verströmte einen schimmligen Geruch, der sich mit dem Geruch der verwesenden Kaulquappen und Amphibien aus dem modrigen Himmelsteich neben ihrem Haus mischte. Irgendwie wurde Jakob das Gefühl nicht los, dass Denny es auf eine Art so hingedreht hatte, dass er jetzt hier sitzen und auf ihn warten musste.

Seinen Kaffee hatte er schon ausgetrunken, Dennys Tasse stand noch unberührt auf dem Tischchen unter dem Kirschbaum. Daneben lagen zwei Paar neue Arbeitshandschuhe. Jakob war noch ziemlich müde, aber genau so hatte er sich das Landleben ja eigentlich vorgestellt: Früh aufstehen, Nachbarschaftshilfe, zusammen was schaffen, die Asbestdecke rausreißen. Um halb acht war Friedel Richtung Stadt aufgebrochen, zu einem Meeting, das sie auf keinen Fall verpassen durfte. Er glaubte ja eigentlich nicht, dass sie das mit Absicht machte, aber irgendwie war da was schief. Wieso saß er jetzt als Einziger hier?

Er dachte kurz an sein leeres Dokument, das geduldig auf ihn wartete, bereit, mit Inhalt gefüllt zu werden, und der Gedanke war eher beruhigend, als dass er ihn nervös machte. Wie lange er sich mit den ganzen Buchstaben und Wörtern belastet hatte, die sich immer mehr ansammelten und am Ende alles verstopft hatten. Er nahm ein Handschuhpaar und schrieb »JAKOB« in die Stulpen. Die Handschuhe waren groß genug, dass er sie ohne Probleme über den Verband an seiner Hand ziehen konnte, und man sah eigentlich gar nichts mehr von seinem Malheur. Er überlegte, ob er in die anderen beiden Handschuhe »DENNY« schreiben sollte, aber das kam ihm dann doch etwas übergriffig vor. Er stellte sich vor, den Namen seines Kindes in dessen Anziehsachen zu schreiben, in die ganz kleinen Handschuhe, in das kleine Jäckchen, auf die Butterbrotdose, überall würde der Name geschrieben sein, damit die Sachen im Kindergarten nicht verloren gingen.

Interessant, dass Denny bisher in keiner Weise thematisiert hatte, dass sie ihm das Haus vor der Nase weggekauft hatten. Es war ja auch wirklich nichts Persönliches. Kurz nach acht trank Jakob auch die andere Tasse Kaffee und überlegte, ob er sich dranmachen sollte, eine neue Struktur für sein Buch zu entwerfen, aber der Tag hatte schon ganz falsch begonnen. Man kann nicht zu früh aufstehen, zwei Tassen Filterkaffee trinken und dann anfangen zu schreiben. Das musste man anders angehen, strukturierter. Früh aufstehen schon, aber nicht *zu* früh, und dann musste man mit einer Espressokanne eine kleine Tasse Kaffee machen, und die musste man trinken, während man schon die eine oder andere Sache skizzierte. Aber ewig so warten konnte er ja auch nicht.

Nachdem er die sperrige Matratze aus dem Zimmer gezerrt hatte, stieg er auf einen Stuhl und begann, mit einem Schraubenzieher die Platten von der Decke zu stochern. Das war eine ziemliche Fitzelarbeit, die Platten waren weich, aber der Kleber, der sie an der Decke hielt, extrem hart und brüchig. Schon komisch, eigentlich hatte er überhaupt nicht vorgehabt, jetzt diese Decke zu sanieren. Also schon, aber nicht so. In dem alten Schrank in der Bodenkammer fand er einen Kinderschal, den er sich um Mund und Nase band, damit er wenigstens nicht die hochgefährlichen Mikrofasern einatmen müsste. Als der Schal sich aber von der Atemluft mehr und mehr durchfeuchtete, begann das grobe Material fürchterlich zu jucken und er riss ihn sich wieder vom Gesicht.

Wie hatte er nur annehmen können, Denny würde zum Arbeiten erscheinen, nur weil er es gesagt hatte? Wahrscheinlich saß er jetzt schön zu Hause und lachte darüber, wie er ihn verarscht hatte. Vielleicht beobachtete er ihn sogar von drüben. Jakob guckte aus dem Fenster, ob er irgendwo zu sehen war. Keine Spur.

Ein schäbiger Motorroller kam den Weg entlanggefahren und hielt vor dem Gartentor gegenüber. Ein hagerer älterer Typ in einer Kunstlederjacke stieg ab. Der Kerl sah aus wie ein Säufer, also wie ein dürrer, ungepflegter Säufer, einer, der es ernst meint, nicht so ein dicker Spaßtrinker. Nachdem der Mann den Helm an den Lenker gehängt hatte, kämmte er sich die fettigen halblangen Haare ausgiebig zu einem Mittelscheitel. Dann ging er durch den Garten, verschwand kurz hinter den Zypressen und tauchte bei der Holzstiege wieder auf. Die Terrassentür ging einen Spalt weit auf, der Besucher schlüpfte hinein und das Herz war weg. Jakob spürte, wie ihm das Blut in den Kopf stieg. Sie würden sich ja jetzt nicht unterhalten. Über was bitte? Es war absurd, sich darüber Gedanken zu machen, was auch immer sie mit diesem unrasierten zigarettenstinkenden Penner veranstalten würde, ging ihn wirklich nichts an. Es pochte in seiner Hand, die Wunde war ganz deutlich zu spüren. In diesem Moment war er froh, dass die Verletzung nicht wirklich gut verheilt war und sich immer wieder meldete. Sie war zumindest realer als so manches andere, irgendwie greifbar. Er knotete sich den nassen, rauen Schal wieder um, zog die Arbeitshandschuhe an und stach diesmal aggressiver auf die Platten ein. Das ging zwar nicht unbedingt besser, war aber wesentlich befriedigender.

»Hast ja gar nichts abgedeckt«, stand Denny auf einmal im Zimmer.

»Auch schon da?« Jakob hätte jetzt demonstrativ auf seine Armbanduhr geguckt, hätte er eine angehabt.

»Der Staub kriecht dir überall rein«, sagte Denny. Jakob sah sich in dem Zimmer um, das tatsächlich vollkommen mit Asbeststaub überzogen war.

»Gib mal ne Schaufel«, herrschte Denny ihn an, und zu Jakobs eigener Überraschung ging er ohne Widerspruch los und holte Denny die verlangte Schaufel. Er musste ihn auf jeden Fall noch zur Rede stellen, musste ihm sagen, dass das so nicht ging, dass, wenn man eine Uhrzeit vereinbart hat, diese auch einzuhalten ist.

Mit der umgedrehten Schaufel löste Denny recht effektiv die Platten ab, und es dauerte nicht lang und die Decke war befreit. Klar, wenn man den ganzen Tag nichts anderes macht, hat man seine Techniken. Jakob fing an, den Plattenbruch in Plastiksäcke zu stecken.

»Warum sollten die überhaupt ab?«, wollte Denny wissen.

»Schon mal von Asbestose gehört? Fasern, Lungengewebe, ein Begriff?«

»Is doch bloß Styropor.« Denny brach eine abgekratzte Ecke entzwei und tatsächlich, wenn man genau hinsah, bestand das Material aus lauter kleinen Kügelchen. Der ganze Schmutz, die Arbeit, der Aufwand kam Jakob mit einem Mal total sinnlos vor.

»Mich haben sie doch auch beschissen«, kam es aus ihm heraus, ohne dass er das eigentlich so richtig hatte sagen wollen.

Denny sah ihn ausdruckslos an.

»Wer hat dich beschissen?« Er hatte offensichtlich keine Ahnung, was Jakob meinte. Das war wahrscheinlich auch besser so, und Jakob zuckte nur mit den Achseln.

»Über den Ruinen des Lebens leuchtet die Hoffnung«, schob er hinterher, aber Denny hatte sich wohl entschlossen, den Städter einfach quatschen zu lassen.

»Liegt sonst noch was an?«, fragte er. «Muss 'nem Kumpel noch bei der Nachsuche helfen.«

»Was?«

»Eine Wildsau. Angeschossen. Richtig gefährlich«, erklärte Denny.

Aber so leicht wollte er ihn nicht entlassen.

»Na ja, wir müssen noch saubermachen – und das ganze Haus renovieren«, witzelte er noch hinterher, um die Stimmung etwas aufzulockern.

»Wer nicht abdeckt, macht auch sauber«, sagte Denny. »Alte Handwerkerregel«, drehte sich um und verschwand.

Es hatte noch eine Ewigkeit gedauert, die sperrigen Styroporstücke in die Plastiksäcke zu stopfen und alles runterzutragen. Dann noch kehren, saugen und wischen. Er ärgerte sich, dass er sich diesem Landei hatte anbiedern wollen, aber irgendwie hatte er ihn herausgefordert, seine gleichgültige Distanziertheit. Er hätte ihn einfach an der Schulter nehmen sollen und sagen: »Denny, life must go on.« Und Denny hätte gesagt: »Da sachste was« und hätte eine Zigarette aus seiner Packung geschüttelt und Jakob hätte ausnahmsweise auch eine genommen.

Es war noch einmal erstaunlich warm geworden für einen Oktobertag, und er beschloss, sich den Staub durch ein letztes Bad im See abzuwaschen. Es waren noch andere Leute an der Badestelle, und als er näher kam, erkannte er das Auto des Maklers. Daneben stand einer dieser richtig teuren Sportwagenkombis mit understatement beigem Lack. Der Makler zeigte anscheinend gerade wieder ein Haus vor und wertete es noch mit dieser herrlichen Badestelle auf, die viele gar nicht kannten. Als Jakob um die Autos herumradelte, redete der Makler gerade auf das junge Paar ein. Die beiden waren wie freakige Künstler gekleidet, aber mit sauviel Geld. Sie gaben sich recht cool, unbeeindruckt, und Jakob konnte die innere Nervosität des Maklers genau spüren. Er war froh, dass sie ihr Haus schon gefunden hatten, wenn solche Leute jetzt schon hier herumscouteten, na dann gute Nacht. Jakob nickte dem Makler vielsagend zu, als wisse er schon Bescheid, und war ein bisschen stolz, ein ebensolches Nicken zurückzubekommen. Er lächelte noch in Richtung des Paares, aber die schienen gar keine Notiz von ihm zu nehmen und er drehte ihnen den Rücken zu. Er zog sich aus und hängte seine Kleidung an einen abgebrochenen Ast, als ob er das immer so täte. Dann sprang er ohne zu zögern ins Wasser, nicht mal einen spitzen Schrei stieß er aus.

Ein bisschen hätte es ihn natürlich schon interessiert, was die beiden hier suchten. Von dem unvollständigen Gefühl der Leere und der Völle und der nicht aufzuhaltenden Katastrophe hatten sie bestimmt noch nie was mitgekriegt. Er hätte ihnen vielleicht einen Hinweis zu Ronny Blaschke geben sollen, hätte einfach gefragt: »Wie war das eigentlich damals, als sie dich gefunden haben?«, und das Pärchen hätte sich dann im Auto den Kopf darüber zerbrechen können.

Als er mit dem Fahrrad zurück zum Haus kam, hörte er in der letzten Kurve schon das abgehackte Bellen, mit dem die Leute hier ihre Sätze ausstoßen. Er stieg vom Rad und lauschte dem seltsamen Duktus, verstehen konnte er nichts. Denny und noch einer, den er als Dominic vorstellte, hatten sich auf den Stufen unter dem gelben Vordach breitgemacht. Neben ihnen stand die Batterie von blauen Plastiksäcken, die Jakob mühselig mit dem Styroporbruch befüllt hatte. Zum Glück konnte er den eben gepflückten Blumenstrauß noch schnell im Gebüsch verstecken. Friedel kam gerade mit einem Tablett Knäckebrote aus der Tür. »Eine Stärkung für die fleißigen Helfer«, trällerte sie fröhlich. Es hätte einfach nur blöd rauskommen können, klarzustellen, dass er es war, der die ganze Arbeit getan hatte, und er hatte es auch überhaupt nicht vor, aber wütend machte es ihn trotzdem, wie die Kerle sich selbstgefällig breitmachten und sich die Knäckebrote servieren ließen. Ob sie das alles mit großer Berechnung taten? Eigentlich traute er ihnen das gar nicht zu. Es steckt vielmehr ein Prinzip dahinter, dachte er, ein Prinzip, das sie vollkommen verinnerlicht hatten. Es war einfach in ihrem Wesen, in ihrem ganzen Habitus verankert. Jeder Vorwurf perlte an ihnen ab, oder es gab einen angelernten Spruch, der den Vorwurf oder den Vorwerfenden ins Lächerliche zog und ihn als Verlierer dastehen ließ.

Als Jakob wieder etwas unpassend vor dem Treppchen stand, drückte Denny ihm eine Plastiktüte in die Hand. »Wildschweinherz«, sagte er. »War schon fast gestorben.«

Liebe Mutter,

ich bin richtig gut im Dorf angekommen. Ich habe dem Nachbarn geholfen eine Asbestdecke rauszureißen und im Gegenzug hat er mich eingeladen, zur Treibjagd mitzukommen. Hab ichs Dir nicht gesagt, dass ich zur Jagd gehe?

Gerade sitze ich unter unserem prächtigen Kirschbaum, um an meinem neuen Roman zu arbeiten. Die Gedanken sind hier frei, und niemand kann sie erraten. Stell Dir vor, ich habe den begründeten Verdacht, dass die Nachbarin hier ein kleines »Etablissement« betreibt. Du weißt, was ich meine ;-) Und es stimmt schon, auch wenn sie in keiner Weise den derzeitigen Schönheitsidealen entspricht, hat sie doch, wie soll ich sagen, eine gewisse Ausstrahlung.

Bei Friedel ist schon ein kleines Bäuchlein zu sehen und sie sieht hübscher aus denn je. Ob Du Dich überhaupt noch so gut an sie erinnerst?

Dein Jakob

PS: Stell Dir vor, die Katze ist wieder aufgetaucht. Da siehst Du's, ich kann eben doch keiner Kreatur etwas zuleide tun.

Tag für Tag hatte es die Sonne schwerer, sich durch den grauen Himmel zu kämpfen. Jakob beobachtete die Schwärme von Staren, die sich durch die Böen fallen ließen, und lauschte den Gruppen der Kraniche, die sich sammelten, um ein Gefühl der Gemeinschaft wieder herzustellen, das sie über den Sommer in ihren Kleinfamilien ganz vergessen hatten. Obwohl Jakob und Friedel fest vereinbart hatten, bis in den November schwimmen zu gehen, standen sie jetzt immer nur noch kurz am Ufer und blickten auf das Wasser.

Ganz unausweichlich hatte sich so etwas wie ein Gefühl von Normalität eingestellt. Irgendwann war eben nicht mehr jeder Handgriff, jeder Blick und jeder Luftzug neu und aufregend.

Die ganze Zeit über hatten sie sich nicht darum gekümmert, aber dann fiel ihnen auf, dass sie schon seit Monaten nur mit sich und dem Dorf gewesen waren. Am Anfang, wenn Freunde sie besuchen wollten, hatten sie noch gesagt, dass sie erst mal ankommen müssten, und alle hatten Verständnis dafür gehabt. Bald hörten die Nachfragen auf und kamen auch nicht wieder. Und da die Menschen in der Stadt sehr wählerisch sind, was das Wetter angeht, war es höchste Zeit, wenn man noch jemanden einladen wollte. Um den Bann zu brechen, erschien ihnen Marc als die einfachste Lösung. Das gute an Marc war, dass er meist irgendein neues klassisches Auto hatte, das er ausprobieren musste oder jemanden ausführen wollte. Diesmal hieß sie Jasmin und hatte noch ihren kleinen Sohn Luca dabei. Im ersten Moment wirkte sie etwas burschikos, fast unscheinbar, aber sie hatte einen aufmüpfigen Blick und machte beim Sprechen immer etwas zu lange Pausen, während sie ihr Gegenüber genau taxierte. Sie war Bibliothekarin und kannte sogar sein erstes Buch, was ihm durchaus schmeichelte. Er hätte schon noch gerne ein bisschen mit ihr geredet, aber irgendwie verunsicherte sie ihn auch und er war erleichtert, dass er Stühle zusammensuchen, noch eine Lichterkette aufhängen und sich anschließend dem Grillholz zuwenden musste. Marc hatte viel zu viel eingekauft und war ziemlich aufgedreht. Baklava vom Türken, Biolammrücken, Champagner und Bier. Er packte alles aus und öffnete auch gleich die erste Flasche. Irgendetwas schien ihn nervös zu machen, und wie aus einer Art Reflex stürzte er sich auf Friedel und überschüttete sie mit Komplimenten, wie wunderschön sie sei mit der Schwangerschaft, ganz weich im Gesicht und dem Körper einer richtigen Frau. Seine Schmierigkeit war kaum zu ertragen, aber um des lieben Friedens willen blieb der armen Jasmin und Jakob nichts anderes übrig, als daneben zu stehen und betreten zu lächeln. Wenigstens schien es Friedel ein bisschen von ihrer Anspannung zu nehmen. Sie hatte sich die größte Mühe gegeben, ihrem Besuch das perfekte Leben auf dem Land vorzuführen, und sogar Denny noch in die Vorbereitungen miteingespannt. Dieser war nicht nur so freundlich, mit seinem Rasentraktor »mal drüberzufahren«, sondern brachte ihnen auch noch einen Kantentrimmer vorbei, »damit's nach was aussieht«. Natürlich lud Friedel ihn und seine Mutter im Gegenzug ein, auch mal vorbeizuschauen beim Grillabend. Jetzt, wo er ihnen das Gerät gebracht hatte, müssten sie es auch verwenden, fand Friedel, alles andere wäre unfreundlich. Jakob hatte nicht die geringste Ambition, mit einem Kantentrimmer auf dem Grundstück herumzurennen und die Beeteinfassungen akkurat auszuputzen. Ungünstigerweise war das Ganze in einen handfesten Streit ausgeartet, an dessen Ende Friedel sich tatsächlich das Gerät umschnallen wollte. Jakob war schon klar, dass sie darauf nur gewartet hatten, die Dorfis, dass er seine schwangere Frau mit dem Rasentrimmer ums Grundstück treibt. Das war genau wieder eine dieser ausweglosen Situationen, aus der man nicht herauskam und am Ende nur verlieren konnte. Voller Hass hatte Jakob den blöden Trimmer an den Drahtzaun und an die Garage gerammt. Die Vibration versetzte die Wunde an seiner Hand in Aufruhr, der über die Schulter und den Nacken bis in die Kopfhaut weitergeleitet wurde. Der Schmerz war die reinste Genugtuung, ebenso wie die Tatsache, dass er in diesem Zuge endlich den Petunien der alten Frau den Garaus machen konnte. Trotz der Entzündung schmerzte die Wunde nicht mehr ununterbrochen, es war sogar steuerbar, und das machte sie zu einem Ventil.

Als sie endlich zusammen mit Marc und Jasmin das Haus in Augenschein nehmen konnten, war es eigentlich schon zu dunkel. Die Reste der alten Einrichtung mit den Mustertapeten an den Wänden, die Jakob jetzt erstmals wieder bewusst wahrnahm, sahen im schwindenden Licht deprimierend aus. Natürlich würde alles irgendwann einmal ganz anders sein, beteuerten sie, viel heller und offener, mit gelaugten Dielen und allem. Marc versuchte, die holprige Stimmung mit etwas zu lauten, schlechten Witzen zu überspielen, und als sie oben in ihrem Schlafzimmer angekommen waren, gipfelte sein Übermut darin, zu behaupten, das Wichtigste an einem Schlafzimmer sei schließlich, dass es sich darin gut liebt. Dann packte er Jasmin zum Test und fing an mit ihr zu knutschen. Jasmin wehrte sich nicht, sondern ließ es eher teilnahmslos über sich ergehen. Was sie sich wohl von Marc versprach? Leider konnten Jakob und Friedel nicht einfach rausgehen, weil die beiden die Tür versperrten. Jakob fragte sich, ob menschliche Kontakte, oder sogenannte Freundschaften, nicht enorm überwertet würden. Gute Freunde sollte man haben und mit guten Freunden einen schönen Abend verbringen, und wenn man dem nichts abgewinnen konnte oder wollte, dann stimmte irgendwas nicht mit einem. Dann war man ein Eigenbrödler, hing seinen unnützen Gedanken nach oder war sonstwie gefährdet. Jakob, der mit verschränkten Armen dastand, drückte etwas fester auf seine Hand, und das Pochen setzte ein.

Die Lammrücken waren innen noch roh, außen aber schon verbrannt, und Marc warf sein Fleisch in hohem Bogen ins Feld. Jakob meinte, eine Bewegung wahrgenommen zu haben, dort wo der Lammrücken in den Mais geflogen war, aber da war nichts. Er beobachtete den Sohn der mitgebrachten neuen Freundin, wie er das ganze Weißbrot aufaß, während sie ihm Würstchen kleinschnitt und mit Ketchup übergoss. Jakob hätte die Würstchen gerne mal probiert, aber nicht mit so viel Ketchup. Er hatte die entfernten Motorengeräusche schon irgendwie wahrgenommen, aber sich nichts dabei gedacht, und erschrak ziemlich, als auf einmal ein großer schwarzer Hund aus dem Mais hervorbrach und gleich dahinter zwei Mopeds mit Jugendlichen drauf. Jasmin stieß einen spitzen Schrei aus und riss ihren Sohn an sich, der augenblicklich losplärrte. Das Tier rannte genau auf die kleine Gruppe zu, aber alle waren zu perplex, um irgendwie zu reagieren. Der Hund nahm gar keine Notiz von ihnen, rannte weiter durch den Garten, um sich auf der anderen Seite verzweifelt über den Zaun zu kämpfen.

»Zum Glascontainer!«, schrie einer der beiden Jugendlichen. Sie fuhren um das Grundstück herum und hetzten den Hund mit ihren Gefährten in den Hohlweg hinein.

»Ich wusste es, ich wusste es!«, kreischte Jasmin. Friedel war auch erschrocken, stellte sich aber cool und versuchte, Jasmin zu beruhigen. Jakob und Marc gingen zur Straße, um nachzusehen. Sie zögerten einen Moment, sahen sich an, und dann liefen sie los.

Noch bevor sie am Glascontainer ankamen, der oben an der Abzweigung zum Hohlweg stand, knallte ein Schuss. Dann war es still. Jakob war heilfroh, dass er jetzt nicht alleine war. Im fahlen Licht einer Straßenlaterne erkannte man die Jugendlichen mit den Mopeds und Denny, der eine Pistole in der Hand hielt. Zwischen ihnen lag der Hund. Die Situation kam Jakob recht surreal vor. Im gelblichen Lichtkegel standen alle da wie auf einem Ölgemälde eines alten Meisters. Die Dynamik und Aufregung, die noch wenige Sekunden zuvor geherrscht hatte, war einer statischen Ruhe gewichen. Alle starrten auf den Hund, der den Mittelpunkt des Gemäldes bildete. Einer der Jugendlichen fasste sich zuerst und bemerkte, dass Benzin aus seinem Moped tropfte. Diese Information war genug, um auch die anderen aus ihrer Starre zu reißen, die sich umgehend dem Treibstoffsystem des Gefährts zuwendeten. Marc war sichtlich schockiert. »Ist das denn erlaubt, einfach so Hunde zu erschießen?«, fragte er. »Das musst du. Ist Gesetz«, sagte Denny, und dann noch irgendeinen auswendig gelernten Satz über Hunde, die im Jagdbezirk außerhalb der Einwirkung ihres Führers »unter sofortiger Wirkung abzuknallen« sind. Jakob konnte sich von dem Anblick des Tiers, das reglos zwischen den Glascontainern lag, nicht losreißen. Er kniete sich hin und bemerkte, dass der Hund noch ganz schwach atmete, oder vielmehr röchelte. Er streckte die Hand vor, ganz langsam, und legte sie auf den Brustkorb des Hundes. Sein Fell war weich, gar nicht so drahtig, wie er gedacht hatte. Er war nassgeschwitzt und in den Haaren war Blut. Jakob musste sich konzentrieren, um das Herz überhaupt noch zu spüren. Es pochte im gleichen Takt wie die Wunde an seiner Hand: babam, babam, babam. Zwei Kreaturen am Glascontainer unter der fahlen Laterne. Plötzlich zuckte der Hund mit den Beinen, als wollte er einen kräftigen Satz machen. Jakob zog erschrocken die Hand zurück, aber der Hund blieb jetzt reglos liegen und röchelte auch nicht mehr. Jakob wusste, dass das Tier gestorben war, gerade jetzt, in diesem Moment.

Die Wolken bildeten ein dünnes Nebelband, aus dem der fast volle Mond immer weiter emporstieg, und sie waren froh, ihren Gästen doch noch ein passendes Bild für ihr Landidyll bieten zu können. Jasmin wäre am liebsten schon losgefahren, aber Marc hatte sich geweigert. Sie hatte sich ins Auto verzogen und spielte ihrem Kind ein Hörspiel vor, als gegenüber die Gartentür quietschte. Mit einer bunten Plastiktasche in der Hand drückte sich die Nachbarin um Marcs Auto herum und schaute genau, wer da nachts vor ihrer Tür war, das kam schließlich nicht so oft vor. Denny kam kurz nach ihr raus, hatte einen frischen Freizeitanzug an und in Folie eingeschweißte Grillsachen in der Hand.

Die Nachbarin steuerte direkt auf Jakob zu, holte

zwei Riesenzucchinis aus der Tasche und legte sie vor ihn auf den Tisch. »Hier, mein Lieber.« Jakob lachte etwas über das »mein Lieber«, aber sie hatte es überhaupt nicht lustig gemeint. Sie setzte sich ihm gegenüber und stierte ihn an. Das war wieder der Blick, wie Denny ihn auch draufhatte, als ob die Augen wie Türspione im Kopf säßen. Das Verstörende daran war, dass man nie genau wusste, ob drinnen jemand ist. Jakob schaute lieber in den Himmel, zum Mond. »Schön, oder?«, fragte er. Genau genommen machte ihn die Situation ziemlich nervös. Frau Schabionke schaute auch kurz zum Mond, dann aber gleich wieder ihn an.

»Was war denn eigentlich mit dem Makler?«, versuchte Jakob das Gespräch in Gang zu bringen.

»Was?«

»Na, mit dem Makler, Ronny Blaschke.«

»Warum? Nüscht.«

»Sie haben doch gesagt, dass er irgendwo gefunden worden war, dass ihm was passiert war.«

»Du, Ramona.«

»Was?«

»Für dich Ramona.« Sie hielt ihm die Hand hin und Jakob musste kurz überlegen.

»Jakob.«

Noch einmal nachhaken konnte er jetzt auch nicht. Nebenan stellte Friedel Denny wegen des Hundes zur Rede. »Das war der Köter mit der Tollwut«, erklärte er. »Die arme Kreatur«, sagte Friedel.

»Der hatte keine Tollwut«, giftete Dennys Mutter ihren Sohn an. »Ihr wollt doch nur die Tiere erschießen.«

»Halt du doch dein Maul!«

Um das Thema nicht aus der Bahn geraten zu lassen, nahm Friedel eine der großen Zucchinis in die Hand und wiegte sie. »Wow, die sind ja echt riesig. Und was machen Sie mit den ganzen schönen Zucchinis?«

»Essen«, antwortete die Nachbarin. Sie versuchte gar nicht zu verbergen, dass sie Friedel nicht ausstehen konnte. Aber wie immer würde Friedel die ihr entgegengebrachte Antipathie einfach ignorieren, eine Art Abwandlung von diesem asiatischen Kampfstil, bei dem man die Kraft des Gegners in die Leere laufen lässt und ihn so besiegen kann.

»Ist vom anderen Ufer, der Ronny. Schon immer ein halbes Mädchen.«

Jetzt horchte Jakob wieder auf. »Das ist doch nicht so schlimm. Gibt's doch häufig«, erwiderte er.

»Der war halt das Opfer. Der Unterstufenlehrer, immer druff. War selber schwul. Und die anderen Gören haben feste mitgemischt.«

»Der Arme, da hat er doch bestimmt ein Trauma davon. Man kann ihm nur wünschen, dass er das irgendwie verarbeiten konnte«, mischte Friedel sich ein.

»Wie denn? Wollte doch keiner mehr was wissen, als die Sozis weg waren. Da hieß es, jeder schaut, wo er bleibt. Glaubst du, die Wessis haben gefragt, wie's uns geht?« Frau Schabionke schien gerade ins Reden zu kommen, aber Friedel fiel ihr ins Wort.

»Das Geld hat natürlich nicht gefragt, wie es den Menschen geht, aber persönlich hat es uns schon beschäftigt. Ich bin ja auch nicht für den Kapitalismus in der Form«, rechtfertigte sie sich.

»Aber wenn der Kapitalismus dir ein Häuschen schenkt, dann sagst du schon artig Danke.« Auf Marc hatte keiner mehr so richtig geachtet. Er hatte bereits einen sitzen und die Worte kamen ihm nicht mehr ganz klar über die Lippen.

Denny hatte die Unterhaltung sehr genau mitbekommen, sich aber zurückgehalten. Nachdem er beiläufig sein Butterflymesser aus der Hosentasche geholt hatte, angelte er damit das fertig gewürzte Fleisch aus der Plastikverpackung und legte es auf den Grill.

»Du bist doch betrunken«, entkräftete Friedel seinen Einwand, aber Jakob sah, dass sie rot geworden war.

»Na und?«, tönte Marc und wollte sich demonstrativ Nachschub holen. Dabei übersah er eine der Beeteinfassungen und musste sich mit einem großen Ausfallschritt abfangen. Beim Versuch, frei zu stehen, ging er etwas in die Hocke. »Wisst ihr, dass der Hintern der größte Muskel des Körpers ist?«, fragte er in die Runde und haute sich mit der flachen Hand auf den Po. »Wenn man Muskeln aufbauen will, muss man den zuerst trainieren.« Marc wippte in der Hocke und spannte die Gesäßmuskeln an. »Hier, fass mal an!« Frau Schabionke stellte sich ganz dicht neben Marc und fuhr mit der Hand auf der Innenseite seines Oberschenkels entlang.

»Hier, hier hinten!«, rief Marc.

»Ruhig, Brauner, ruhig«, sagte Frau Schabionke und tätschelte seinen Hintern. Marc war richtig angestachelt, er fing an, wie ein Pferd zu wiehern, und schnaubte dabei.

Was für ein Trottel, dachte Jakob. Dieses verwöhnte Bürschen, das sich für einen Jahrhundertdesigner hält. Denny schien das alles nichts anzugehen. Während das Fleisch leise auf dem Grill zischte, holte er eine Zigarettenpackung mit polnischer Aufschrift aus der Hosentasche und schüttelte eine aus der Packung. Genau so, wie Jakob sich das immer vorgestellt hatte.

»Hast'n mit deiner Pfote gemacht?«, fragte er unvermittelt. Jakob legte seine Hand reflexartig wieder unter den Tisch.

»Ach, nichts.«

»Nach nichts sieht das aber nicht aus.«

»Nur ein Kratzer.«

»Hast du Tetanus? Hab schon mal einen gesehen mit Starrkrampf, is nich lustig.«

Marc hatte angefangen mit erhobenen Armen um Frau Schabionke herumzutanzen, dabei deutete er an, dass er sein Geschlechtsteil an ihr reiben würde. Frau Schabionke ließ sich das gefallen, animierte ihn aber auch nicht weiter. Es schien fast so, als ob sie ihn durch ihre Zurückhaltung noch verrückter machte. Das ging echt zu weit. Jakob sprang auf und schubste ihn mit aller Kraft weg. Marc stürzte in die Johannisbeeren und es war nicht so leicht für ihn, wieder hochzukommen. Als er endlich wieder auf den Beinen war, torkelte er wortlos zu seinem Auto, wo sofort eine kleine Schreierei anfing. Schließlich ging er zur Beifahrerseite und Jasmin fuhr so scharf an, dass die Reifen auf dem Schotter durchdrehten.

»Essen fassen!«, rief Denny von hinten vom Grill, den Marcs Ungemach überhaupt nicht weiter zu kümmern schien.

Es war schon ein bisschen seltsam, wie sie jetzt zu viert, die Bewohner der letzten beiden Häuser der Straße, um den Grill herumstanden und Nackensteaks aßen. Zum ersten Mal hatte Jakob das Gefühl, dass sie dazugehörten.

Früher glaubte man, der Fuchsteufel sei schuld. Niemand hatte den Fuchsteufel je gesehen, und doch war man sich sicher, dass er der Grund war, dass sich die Hundeartigen mit einem Mal anders verhielten als sonst. Das Schlucken bereitete ihnen unsagbare Schmerzen, sie konnten weder essen noch trinken, wurden schrecklich durstig und sonderten sich ab. Bald war für die Befallenen das Schlucken das Schrecklichste, das sie sich vorstellen konnten, weswegen ihnen der Speichel aus dem Maul lief. Der dauernde Schmerz machte sie bösartig und zornig und der einzige kleine Trost bestand darin, einen anderen zu beißen, woraufhin sich der Fuchsteufel auch in diesem Tier oder Menschen fortsetzte und das Gleiche antat. Lange Zeit war die Tollwut die gefürchtetste Krankheit. Kein Mensch wusste, wie man den Infizierten helfen sollte. Man band sie fest, reinigte die Bissstelle mit Salz und ritzte die Haut um die Wunde herum ein, damit sie ausblute. Der Virus aber war schon längst in die Nervenbahnen vorgedrungen und auf dem Weg ins Gehirn.

Jakob hätte die Treibjagd auch ganz gut vergessen können, doch dummerweise erinnerte Friedel ihn daran und ihm fiel auf die Schnelle keine passende Ausrede ein. Egal, er würde einfach den Tag lang irgendwelche Tiere aufschrecken und am Abend wäre er wieder ein freier Mensch und könnte seiner eigentlichen Beschäftigung nachgehen.

Er hatte einen neuen Fixierverband angelegt und durchstöberte den Schrank auf dem Dachboden, um etwas Passendes zum Anziehen zu finden. Mit einem übergroßen Pelzmantel war er zum Spaß eine ganze Weile im Haus herumgelaufen, auch wenn das Ding schrecklich stank. Wer den wohl mal getragen hatte? Die alte Frau bestimmt nicht, vielleicht eher ein Seefahrer oder Viehhändler. Oder ein berühmter Landschaftsdichter. Am Ende hatte er sich für eine NVA-Tarnjacke und eine passende Gürteltasche entschieden, in die er nach einiger Überlegung ein kleines Notizheft, einen Kugelschreiber, einen Bleistift und ein Teppichmesser packte.

Auf der Fahrt zum Treffpunkt versuchte er sich in einen Zustand des Gleichmuts und der Gelassenheit zu versetzen. Er klopfte das Tremolo aus dem Radio auf dem Lenkrad mit, was allerdings gar nicht so leicht war. Es war ein stürmischer Tag, und immer wenn er zwischen den Bäumen auf eine Lichtung kam, schüttelte der Wind so kräftig an seinem Auto, dass er mit beiden Händen gegenlenken musste.

Als er auf den vereinbarten Parkplatz rollte, stand die Jagdgesellschaft in einer Art Picknickbereich um ein Feuer herum, dessen Flammen meterweit in eine Richtung geweht wurden. Alle schauten zu ihm herüber. Er wollte es ein bisschen lustig finden, wie er mit der Fanfare des Streicherchors zur Hatz erschien, noch viel lieber wäre er aber einfach gar nicht hier gewesen. Als er auf die Truppe zuging, bemerkte er, dass er der Einzige in Tarnfarbe war, alle anderen hatten auffällig orangefarbene oder neongrüne Warnkleidung an.

»Ausgeschlafen?«, fing einer der Jäger gleich zu stänkern an. Jakob ignorierte ihn und stellte sich ganz automatisch neben Denny. Die Gruppe war schon im Begriff sich aufzulösen, ohne noch weitere Instruktionen für ihn bereitzuhalten.

»Dachte schon, du kneifst«, sagte Denny.

»Es ist ja gerade mal halb sieben.« Denny schien schon voll im Jagdfieber zu sein, drückte Jakob noch eine Warnweste in die Hand, und ein dickes Mädchen, das ihn fast übersehen hätte, einen langen Stock, der ihm deutlich länger vorkam als die Stöcke aller anderen.

»Was muss ich denn jetzt machen?«

»Mach einfach, was die anderen machen«, instruierte Denny ihn noch schnell und marschierte los.

»Immer in der Linie nach vorne drücken«, schnappte Jakob als geschriene Anweisung auf und zockelte hinter den anderen her.

»Hopp, hopp, hopp«, riefen die Treiber und schlugen mit den langen Stöcken auf Gestrüpp und Dickicht. Die Rufe gingen Jakob nur schwer über die Lippen. Sosehr er sich auch bemühte, sie hatten nicht das Timbre des Jägers oder Treibers, und Jakob war froh, dass seine Stimme in dem kraftvollen Geplärre der anderen unterging. Die Truppe aber war voll bei der Sache und ließ sich durch nichts beirren. Die Linie, also die Reihe, in der die Treiber gestartet hatten, war bald schon keine Linie mehr. Jakob ließ sich immer weiter zurückzufallen, bis die Linie ihn schließlich losließ, um kurz darauf, ohne ihn, erstaunlich schnell wieder eine Linie zu werden.

Das Bellen der Hunde und die Rufe waren bald nur noch in diffuser Entfernung wahrzunehmen. Endlich konnte er mit dem kläglichen Hopp-hopp-hopp aufhören und einfach nur durch den Wald schlendern. Nichtsdestotrotz schlug Jakob weiter mit dem langen Stock auf das Unterholz, mehr um möglichen Wildtieren anzuzeigen, dass er da war, als diese für die Jagd aufzuschrecken. Die Baumkronen erzeugten ein auf- und abschwellendes Rauschen und manchmal schlugen die Äste mit einem Krachen aneinander. Jakob überlegte, ob so ein stürmisches Wetter eigentlich gut oder schlecht war für die Jagd, aber zum Glück konnte ihm das vollkommen egal sein. Als er mit seinem Stock auf einen der vielen Schneebeerenbüsche haute, blieb er im dichten Gestrüpp hängen. Er zog mit beiden Händen daran, aber irgendetwas hielt ihn am anderen Ende fest. Er wusste sofort, was es war. Wie hatte er nur so naiv sein können. Es fauchte aus dem Gebüsch heraus und wollte ihn an dem Stock zu sich hineinziehen. Loslassen und wegrennen war sein Impuls, aber seine Hände krallten sich am Stock fest. Es knackte im Gestrüpp, gleich würde das Angsttier herauskommen und ihn überwältigen. In letzter Sekunde ließ er los, fast wäre er nach hinten gestolpert, konnte sich aber gerade noch fangen und rannte los. Das Terrain war uneben und es war schwierig zu flüchten. Er rannte um sein Leben, brach durch Ranken und Gehölz, einfach mittendurch, nur weg. Aber es war schneller, bekam seine Jacke zu fassen und stürzte mit ihm ins Unterholz. Es hatte ihn, lag schwer auf seinem Rücken und atmete in seinen Nacken. Es wollte in ihn hinein, in ihn eindringen. Jakob bewegte sich panisch, versuchte sich mit aller Kraft aus der Umklammerung zu befreien, aber das Wesen war stärker. Er schlug um sich, strampelte und trat. Endlich erwischte er den einen Moment, in dem der Griff sich lockerte. Er riss sich los und lief so schnell er konnte, fiel hin, schnellte wieder hoch und rannte weiter. Sein Körper spürte keinen Schmerz. Er wusste, das nächste Mal würde es ihn nicht mehr entkommen lassen. Ihm fiel das Teppichmesser in seiner Gürteltasche ein. Er versuchte, es mit der gesunden Hand aus der Tasche zu fummeln. Er hatte fast keinen Atem mehr und es brannte in seiner Lunge, bis er es endlich aufgeschoben hatte. Als er wieder nach vorne schaute, sah er nur noch einen dicken Ast. Mit einem Schlag dröhnte es in seinem Kopf und ihm wurde schwarz vor Augen.

Wie vielschichtig der Geruch hier im Wald war. Das Laub in seinen unterschiedlichen Verwesungszuständen und die Luft, die immer ein bisschen kühler und feuchter war als auf dem freien Feld. Er lag auf dem Rücken, der Wind hatte sich gelegt und die Blätter der Bäume bewegten sich nur noch ganz leicht. Jakob genoss, wie still und friedlich alles war. Er hatte Schmerzen. Wo genau, konnte er nicht sagen, eher ein allgemeiner undefinierter Körperschmerz. Dann dämmerte er wieder weg. Irgendwann hörte er Stimmen, die seinen Namen riefen, es schien ihn aber gar nichts anzugehen. Er wollte nur noch einen Moment so liegen, nur noch ein kleines bisschen. Erst als die Köpfe sich in sein Blickfeld schoben, ahnte er, dass die Sache doch etwas mit ihm zu tun haben musste.

»Die Augen hat er auf«, sagte Denny.

»Was hat der'n veranstaltet?«, kam Dominic jetzt ebenfalls ins Bild. Mit einem Mal war alles wieder da, die Welt, die Realität, dass er auf dem Boden lag. Seine Hose war heruntergerissen, oder heruntergerutscht, jedenfalls war sie unten und nass war sie auch, und in der Hand hielt er das Teppichmesser.

»Der hat sich eingepisst«, sagte eine Frau mit Flat-Top-Frisur.

»Alter«, kommentierte Dominic. »Sieht aus wie Wichse«, und lachte ein schnarchendes Lachen.

IV

Als nur noch ein paar wenige Eiszungen ins Land hineinragten und Gras über das Geröll gewachsen war, fingen die Menschen an, sich aus den Steinen Häuser und Dörfer zu bauen. Eines Tages, als die Menschen sich schon Berufe erfunden hatten, war ein Wolf aus dem Norden gekommen. Der Wolf war der Sohn eines Gottes und die Menschen nannten ihn Strahovati. Zunächst schien er ein recht harmloses Tier zu sein, aber er wurde von Tag zu Tag größer und stärker, wuchs zu bedrohlicher Statur heran und die Menschen erkannten die Gefahr, die von Strahovati ausging. Die Dorfbewohner brachten ihn in den Eiskeller des Gasthofs und beschlossen, ihn für alle Zeiten zu fesseln. Sie legten ihm zwei schwere Ketten an und ließen vom Schmied feste Haken in das Gewölbe schlagen. Doch schon am nächsten Tag hatte der Wolf die Ketten zerrissen. Nur der Dichter, der in einem der Häuser mit seiner Frau wohnte, wusste, wie man Strahovati fesseln konnte, denn genau davon handelte die Geschichte, die er gerade schrieb. Es bedurfte eines magischen Fadens. Ein solch magisches Band war aus Dingen gemacht, die es nicht gibt, aus den Stimmen der Fische, aus den Bärten der Frauen, aus den Wurzeln der Berge und derlei Sachen. Damit Strahovati sich den magischen Faden aber anlegen ließ, verlangte er ein Pfand. Der Dichter selbst sollte seine rechte Hand in das Maul des Untiers legen, während die Dorfbewohner es fesselten. Der Dichter verbrannte die Seiten, auf denen die Geschichte geschrieben stand, aber es half nichts, Tag und Nacht war das Geheul aus dem Eiskeller zu hören. Also willigte er ein und legte die Hand in das Maul des Wolfes, während die Dorfbewohner ihn mit dem magischen Faden fesselten. Strahovati riss und zerrte an seinen Fesseln, als er aber merkte, wie fest der magische Faden war und er für immer gefangen war, biss er vor lauter Wut dem Dichter die Hand ab.

Für Jakob kristallisierte sich der frühe Morgen immer eindeutiger als die beste Zeit des Tages heraus. Auf dem Land, wo es überhaupt keinen Sinn macht, abends lange wach zu bleiben und morgens auszuschlafen, musste man sich nicht mal anstrengen, früh aufzustehen. Er war einfach wach. Ob es dann vier war oder noch früher, spielte gar keine Rolle. Er hatte eine ungeheure Energie in diesen frühen Morgenstunden. Dumm war nur, dass Friedel ihm verboten hatte, vor acht laute Geräusche zu machen. Einmal hatte er angefangen, Holz zu hacken, gut, das ging natürlich nicht, aber nicht mal den Boden im Schuppen ausbuddeln war erlaubt. Es wäre natürlich die beste Zeit für seinen Korrekturjob gewesen, aber da gab es nun wirklich Wichtigeres. Niemand konnte allen Ernstes verlangen, dass er diesen Quatsch ewig weitermachte.

Genau wie in den letzten Tagen hatte er sich aus Friedels Zitronenverbene einen Tee gemacht und dann mit viel Zucker noch einmal aufgekocht. Das Getränk war fast sirupartig und erinnerte ihn an das Teegranulat, das sie in der Zeit in dem Versicherungsneubau immer hatten. Wenn er damals früh aufgestanden war, um zur Schule zu gehen, hatte er das Granulat als Frühstück immer 1 : 1 mit Wasser gemischt.

Wer auch schon sehr früh wach war und ihn bereits im Morgengrauen observierte, war die Katze. Sie hatte damit angefangen, ihre Beute vor sein Fenster zu legen. Er wusste, dass die Katze wusste, dass das sein Fenster war. Oft saß sie im Gebüsch und beobachtete ihn, wie er ihre Gaben vorfand und was er damit machte. Als eines Morgens ein junger anthrazitfarbener Schwan auf dem Fensterbrett lag, hatte ihn das schon etwas aus dem Konzept gebracht. Er hatte länger nicht mehr an die Schwäne gedacht, der Tümpel war ja so zugewachsen, dass man gar nicht erwartet hätte, dass sie da noch drin wären. Friedel glaubte ihm nicht, dass die Katze einen so großen Schwimmvogel erbeuten würde. Sie sah ihn auf eine Weise an, dass er sich fragen musste, was sie wohl dachte, wo er den jungen Schwan denn herhätte. Als er ihr erzählte, dass Erich ihn ebenfalls sehr genau beobachtete, um zu sehen, wie er reagierte, wenn er die Tiere fand, lachte sie ihn aus und ließ ihn kopfschüttelnd stehen. In der Folge verschwieg er die Darbringungen der Katze lieber und ließ den Eichelhäher und die stattliche

Bisamratte gleich verschwinden. Er empfand sogar einen gewissen Reiz dabei, die Sache mit Raffinesse anzugehen. Er wickelte die toten Tiere in sein Handtuch, nahm sie heimlich mit zum See und warf sie ins Wasser. In der Mülltonne hätte Friedel sie sicherlich gefunden. Dann fiel ihm allerdings ein, dass alles, was man in den See hineinwirft, an anderer Stelle wieder auftaucht, und er verbuddelte das nächste Tier, das seltsamerweise ein Frosch war, unter der Zitronenverbene. Er konnte froh sein, dass er immer so früh wach war, sonst hätte Friedel ihn bestimmt erwischt. Sie, für ihren Teil, wollte unbedingt daran festhalten, dass dieses Raubtier das süßeste Ding auf der Welt war, und der Kater verstand es, sie in diesem Glauben zu lassen. Natürlich hatte er versucht ihn wegzujagen und auch irgendwann den Entschluss gefasst, ihn im Auto irgendwohin zu fahren, vielleicht diesmal mitten in ein großes Waldstück, aber er musste das gespürt haben und er bekam ihn nicht mehr zu fassen. Seit Neustem hielt er immer einen Abstand von mindestens fünf Metern zu ihm, Friedel gegenüber war er nach wie vor zutraulich.

Mit der Zeit gab es doch einiges, worüber Jakob und Friedel lieber nicht mehr sprachen. Die Katze und ihre Beutezüge, Jakobs Schreibfortschritte, Friedels beknackte PDF-Arbeit, die man nicht im Geringsten kritisieren durfte, die Sache mit dem Geld respektive mit dem Eigentum. Und natürlich seine Wunde, aber die war eigentlich auch schon davor absolut tabu. Trotzdem hatte sich seit dem Vorfall bei der Treibjagd etwas verändert, er spürte oft eine Art dumpfen Drang in sich. Wie eine Nervosität, die einen da und dorthin treibt, aber eben ohne nervös zu sein. Das einzige Regulativ, das ihm zur Verfügung stand, um mit diesem Getriebensein umzugehen, war seine Wunde. Auf die Gefahr hin, dass sich das wirklich blöd anhörte, und es war ihm auch nicht ganz klar, wie es genau funktionierte, aber die Wunde hielt ihn auf dem Boden der Tatsachen.

Jakob war gerade dabei, eine neue Wortsammlung alphabetisch zu ordnen, als Friedel, diesmal überraschend früh – es musste gerade mal halb acht sein –, zu ihm in sein Schreibzimmer kam. Sie war allerbester Laune und fing an mit einem Zollstock die Wand neben seinem Schreibtisch auszumessen. Jakob hätte klar sein müssen, dass es um ein Exempel ging. An diesem heutigen Tag sollte ein für alle Mal klargestellt werden, wer das Sagen im Haus hatte, und er hätte lächeln, alles für eine gute Idee halten und ihr mit dem Aufmaß zu Hand gehen sollen. Aber wie hätte er tatenlos zusehen sollen, wie ihm sein einziger Zufluchtsort von einem Riesenmonster von Erbstückschrank streitig gemacht wurde. Friedel, die vorgab, dem Schrank mehr oder weniger gleichgültig gegenüberzustehen, bezeichnete es als kleine Gegenleistung für die große Hilfe ihrer Eltern, und die Wand in seinem Zimmer, da wo sein Schreibtisch stand, wäre der einzige Platz, wo die Kiste hinpasste.

Es war wirklich nicht gelogen, wenn er sagte, dass der ganze Ärger wegen der Sache beim Notar und Friedels Eltern schon verflogen war. Im Grunde war es ja wie früher, wo Frauen oft gar kein Geld verdienten und sich dafür mehr der Pflege des Hauses und den Kindern widmeten, nur eben umgekehrt. Dieses Konstrukt hatte durchaus etwas Zeitgemäßes, Modernes. Trotzdem brauchte es eine gewisse Stärke, sich von einem solchen Arrangement nicht aus der Ruhe bringen zu lassen.

Er müsste ja nur seine Sachen ein bisschen zusammenschieben, den Tisch vom Fenster weg in die andere Ecke stellen, und schwups würde die alte Schrankwand wunderbar hier reinpassen. Dass sich in so einem Zimmer kein Mensch mehr konzentrieren konnte, war ihr egal. Nein, sie legte es sogar darauf an. Er stand mit verschränkten Armen da und fixierte sie bei ihren Maßnahmen. Dabei war gar nicht so ganz klar, was genau es da eigentlich so viel zu messen gab.

»Wir bekommen ein Baby«, erklärte sie ihm mit gepresster Stimme, was auch immer sie damit zum Ausdruck bringen wollte, vor allem in Bezug auf den Schrank. Aber natürlich, sie hatte ja recht. Er sollte lieber etwas Nützliches tun, endlich die Garderobe im Flur aufhängen oder den Wickeltisch bauen. Sie würden ganz einfach eine alte Kommode nehmen und Bretter daran schrauben, dann könnte das Baby nicht runterkullern. Und sie mit Leinöl streichen. Also Abbeizen und dann mit Leinöl streichen. Aber wo war nur diese verdammte Bohrmaschine? Gestern hatte sie noch im Flur gelegen.

Warum Friedel jetzt zu schluchzen anfing, erschloss sich ihm nicht ganz. Er ging zu ihr, fasste sie an den Schultern und drehte sie zu sich. Im Grunde wollten sie doch beide das Gleiche: sich und ihrem Kind ein gutes Zuhause geben, eine Welt, in der man sich geborgen fühlte. Friedel ließ sich umarmen und drückte ihr Gesicht an Jakobs Schulter.

»Hast du die Bohrmaschine gesehen?«, fragte er. Friedel schaute ihn fassungslos an und fing dann erst richtig zu weinen an. Natürlich wusste er, wo die Bohrmaschine war, er wusste es ganz genau. Es war ihm nicht verborgen geblieben, wie Denny das teure Profigerät aus den Augenwinkeln gemustert hatte. Er musste das regeln, jetzt sofort. Er musste deutlich machen, wo die Grenzen sind, sonst würde es bald gar keine Grenzen mehr geben. In Jogginghose und T-Shirt stürmte Jakob aus dem Haus.

Dennys blaues Auto war schräg zwischen den Nadelbäumen geparkt. Über die Terrassentür ging nur Ramona rein und raus. Dennys Eingang musste woanders sein. An der Rückseite des Hauses war ein kleiner Treppenabgang, der fünf Stufen zu einer recht neuen weißen Plastiktür hinunterführte. Von innen dröhnte laute Technomusik heraus. Jakob klopfte an die Tür. Natürlich hörte das keiner, also schlug er noch einmal deutlich heftiger mit der geballten Faust dagegen, so stark, dass er sich selbst ein wenig erschrak. Wieder keine Antwort. Er drückte auf die Klinke und die Tür ging auf. Das Stampfen der Musik wurde deutlich lauter, aber es war niemand im Raum. Die Wände waren voll von Aquarien und Terrarien, die sich auf Metallregalen stapelten. In den Becken bewegten sich Schemen von Wassertieren, die sich schwarz gegen das blaue Grundlicht abzeichneten. Der Betonboden war dunkel und man konnte kaum sehen, wo man hintrat. Jakob ging weiter bis zur nächsten Tür, die nur angelehnt war, und drückte sie mit zwei Fingern vorsichtig auf. Dahinter lag ein neonhell erleuchtetes Wohnzimmer, in dem die Musik jetzt fast unerträglich laut war. Jakobs Augen mussten sich erst mal an das gleißende Licht gewöhnen. Denny und Dominic tanzten im Raum herum beziehungsweise sie hüpften in einer Art Formation. Das Repertoire an Schritten und Armbewegungen wiederholte sich in Schleifen und es sah so aus, als würden sie auf der Stelle gehen. Der Raum war mit viel Akribie vom Kellerraum in einen cleanen Wohnraum verwandelt worden. Eigentlich war alles da, Teppichboden, Sofagarnitur, eine Wohnwand mit Glastüren, sogar ein paar Zimmerpflanzen gab es, aber gemütlich war es trotzdem nicht. Sie machten keinerlei Anstalten, mit ihrem Tanz aufzuhören, auch nicht als Jakob vor ihnen stand. Jetzt reichte es ihm. Jakob zog den Stecker der Anlage aus der Steckdose und die Musik ging schlagartig aus. Es war nur noch das Blubbern der Aquarien zu hören. Endlich hörten die beiden Männer mit dem Gehopse auf. Und tatsächlich, in einer Plastikwanne neben der kunstledernen Couchgarnitur lag die Bohrmaschine.

»Du kannst dir die Bohrmaschine gerne mal ausleihen, aber nur wenn du vorher fragst und ich dann Ja sage«, konstatierte Jakob.

Denny sah ihn mit dem typischen Schabionkeblick an: »Schön.«

Diesmal durfte er sich nicht unterkriegen lassen. Er bückte sich, um die Maschine an sich zu nehmen, aber Denny stellte einen Fuß darauf.

»Das ist nicht deine.«

»Denny, erzähl keinen Unsinn. Das ist meine, ich erkenne sie doch genau.«

»Das ist nicht deine, die hab ich von meinem Papa bekommen.«

»Du hast doch gar keinen Vater.«

Jetzt ging Dominic ganz nah an Jakob heran und schrie ihm unvermittelt ins Gesicht: »Aber sicher hat der einen Papa! Hundert pro.« Jakob schien da irgendwie einen wunden Punkt getroffen zu haben.

»Das ist meine Scheißbohrmaschine. Die hat Papa mir geschenkt, du Wichser!«, plärrte Denny ihm jetzt auch direkt ins Gesicht.

Als Jakob die Treppchen hochging und das gedämpfte Gewummer wieder einsetzte, lief er direkt in Frau Schabionke hinein, die schon wieder eine von ihren Riesenzucchinis in der Hand hielt. Sie hatte ihren roten Kimono an, Jakob wollte gar nicht so genau hinschauen.

»Hier, für Ihre Frau«, hielt sie ihm die Frucht hin. Sie standen einen Moment voreinander und Jakob stieg das Blut in den Kopf. Das war jetzt einfach zu viel. »Wir brauchen keine Zucchini.« Aber sie versperrte ihm den Weg.

»Sie kann sie ja auch sauer einlegen.«

»Ich hasse Zucchini!«, schrie er und schlug ihr die Frucht aus der Hand. Er war etwas erschrocken über seine heftige Reaktion, hob die Zucchini wieder auf, aber statt sie ihr zu geben, warf er sie noch einmal mit voller Kraft auf den Boden, sodass sie zerplatzte.

»Scheißwessis. Denkt ihr könnt alles kaufen. Denkt wohl Ihr seid was Besseres?«

Er konnte sie gar nicht mehr richtig wahrnehmen, irgendwie rauschte es in seinen Ohren.

»Kaufen, kaufen. Hier, nimm die Zucchini!« Sie hob ein paar Stücke von der zerplatzten Zucchini auf und warf sie auf ihn drauf. Er hob die Hände über den Kopf, konnte sich aber nicht wirklich wehren.

»Hör auf! Lass mich.«

»Jetzt geht's erst los.« Frau Schabionke nahm noch mehr von den Zucchinistücken und drückte sie auf ihn drauf. Er ließ die Arme sinken und Tränen liefen über seine Wangen. Ramona hörte auf, ihn zu malträtieren, sah ihn einen Moment lang an, nahm ihn dann in die Arme und drückte ihn fest an sich. Durch den Satinstoff konnte er ihren üppigen, weichen, warmen Körper spüren. Ihr Busen bewegte sich auf und ab und er atmete das Gemisch aus Weichspüler und Schweiß. Sie hielt ihn im Arm und sie wiegten hin und her. Ganz unerwartet überkam Jakob ein Gefühl der Nähe und Geborgenheit. Er nahm die Hand hoch und legte sie an ihren Busen, der sich durch den dünnen Stoff anfühlte, als ob gar nichts dazwischen wäre, und Ramonas Brustwarzen wurden etwas hart. Jakob spürte, wie er eine Erektion bekam, was ihn in die Realität zurückholte. Er stieß sie von sich weg und rannte nach Hause.

Liebe Mutter,

glaubst Du, dass es so etwas wie Seelenverwandtschaft wirklich gibt, oder ist das eine Illusion? Eigentlich glaube ich ja nicht an solche Sachen und auch die Wissenschaft bewegt sich dahingehend auf unsicherem Terrain.

Na ja, ist ja auch egal. Wir haben uns schon gut eingelebt hier auf dem Land. Friedel fährt morgen nach Göttingen und kommt dann zusammen mit ihren Eltern und einem schönen alten Schrank zurück, den schon ihre Großmutter besessen hat.

Ich denke, wenn eine Frau Mutter wird, dann wird sie zu einem ganz anderen Wesen. Etwas in ihr spaltet sich ab und führt ab dem Moment ein Eigenleben – oder zumindest ein paralleles. Ich bin mir sicher, dass auch mit dem Vaterwesen etwas passiert, das sich dem normalen Verstand entzieht.

Stell Dir vor, in dem Tümpel vor unserem Haus, den ich für komplett ausgetrocknet hielt, haben die Schwäne Junge bekommen. Solange ihre Kinder noch nicht fliegen konnten, blieben sie durch sie an das Stück Morast gekettet. Keinen Moment haben sie daran gedacht, einfach aufzusteigen, in die Lüfte, ein paar Runden zu drehen, um dann für immer zu verschwinden.

Sorry, heute bin ich ein kleines bisschen ärgerlich mit Dir. Also die ganze Art, wie Du Dich aus dem Staub gemacht hast, das finde ich gar nicht in Ordnung, jetzt, wo ich Zeit habe, genauer darüber nachzudenken. Vielleicht sollte ich besser gar nicht mehr mit Dir reden.

Als er Friedel am Bahnhof abgeliefert und noch gewunken und am Bahnsteig ein Croissant und einen Espresso zu sich genommen hatte, hatte er keinen Moment daran gezweifelt, alles genauso abzuwickeln wie geplant und auch wegen seiner Wunde zum Arzt zu gehen, wie er Friedel hoch und heilig versprochen hatte. Dass es dann mit der Kassiererin im Baumarkt diesen Eklat geben würde und er ihr die Kellen und die Putzsäcke und den anderen Mist einfach auf dem Band liegen lassen und die Wandfarbe in ihr Kabuff schubsen musste, hatte niemand ahnen können, er selbst am allerwenigsten. Dabei hatte er nur Ersatz für die Bohrmaschine kaufen wollen.

Er setzte sich an einen der kleinen Aluminiumtische, die draußen vor der Backstube des Baumarkts aufgestellt worden waren. Wahrscheinlich waren sie noch hinter ihm her, und tatsächlich, es dauerte nicht lange, bis zwei kräftigere von den Verkäufertypen recht entschlossen aus der Schiebetüre kamen und ein paar Meter in den Parkplatz hineinliefen. Diese Blödmänner, wie drollig sie ihre Stammesrituale vorführten. Zum Glück war der Tisch noch nicht abgeräumt, sodass es aussah, als ob er schon eine ganze Weile hier gesessen und eine verdiente Brotzeit zu sich genommen hätte. Zur Tarnung nahm er einen von den leeren Pappbechern und tat so, als ob er daraus trinken würde. Das übriggebliebene Eckchen von der Streuselschnecke schmeckte wirklich gut und er überlegte, ob er nicht noch so ein Gebäckstück kaufen sollte. Die Männer gaben gleich auf, was ihnen auch sichtlich recht war, im Grunde war ihnen das ja auch vollkommen egal, der Baumarkt, ihre Kollegin und alles. Er sah sich die Menschen an, denen allen er egal war, wie sie ihren Visionen und Entwürfen ihrer Selbst nachgingen. Ein Ausflug in den Baumarkt schien ein beliebtes Familienevent zu sein. Jakob wusste ja nicht so viel von Familienevents und beobachtete die unterschiedlichsten Konstellationen, die in den Basteltempel hineingingen und mit welchen Errungenschaften andere herauskamen. Er hatte seine Mutter immer damit verschont, Auskunft über seinen Vater zu verlangen. Er konnte sich ja ziemlich genau vorstellen, was für ein Mistkerl das gewesen sein mochte. Es nicht zu wissen, hatte zumindest den Vorteil, dass die Möglichkeit nicht ganz auszuschließen war, dass er doch ein ganz feiner Kerl war und ihn eines Tages doch noch abgeholt hätte, wenn die wechselnden widrigen Umstände, die sich Jakob immer ausdachte, sich zum Guten gekehrt hätten. Dann wäre er mit seinem Mercedes vor das Appartementhaus gefahren und Jakob hätte oben schon aus dem Fenster geguckt. Er wäre mit seiner gepackten Sporttasche runtergerannt, hätte den Kofferraum aufgerissen und tatsächlich, da hätte der Außenbordmotor gelegen. Er hatte Marinus Bönicke ja schon oft erzählt, dass sein »Dad« einen hatte. Marinus hatte ihm das nie geglaubt, aber dann hätte auch er aus dem Fenster geguckt und gesehen, dass alles stimmte. Und dann wären Dad und er mit dem

Mercedes nach Jugoslawien gefahren, und mit dem Boot eines alten Bekannten hätten sie die Buchten erkundet und sein Vater hätte ihm gezeigt, wie man angelt.

Die Menschen vor dem Baumarkt und ihr Streben machten ihn auf einmal ganz rührselig. Er dachte an seine zukünftige kleine Familie, ihr neues Leben auf dem Land, und mit einem Mal hatte er das starke Bedürfnis, sich bei seinen Nachbarn zu entschuldigen. Einer musste ja mal anfangen, den Kreis zu durchbrechen, die Spirale, die ausweglos nach unten führt. Noch ewig beim Arzt rumzusitzen und zu warten, hatte er jetzt wirklich keinen Nerv mehr. Er holte nur noch schnell frisches Verbandmaterial in einer Apotheke und fuhr zurück ins Dorf.

Als er auf der Stiege vor der Terrassentür stand und mit einem noch originalverpackten Kaffeeservice der alten Frau unterm Arm das Türschmuckherz anstierte, war er sich schon gar nicht mehr so sicher über seine Mission. Er hatte geklopft, aber keiner rührte sich, und er wäre fast schon wieder gegangen, als oben ein kleines Fenster gekippt wurde. »Komme!«, rief sie. Wie es wohl wäre, wenn er jetzt als Freier zu ihr käme. Ob es da ein Erkennungszeichen gab? Bis sie endlich die Tür öffnete, dauerte es noch eine Ewigkeit, aber gehen konnte er jetzt auch nicht wieder.

Sie trug einen dünnen Fleece-Hausanzug und keine Strümpfe in den Pantoletten. Es war schwer zu erkennen, ob sie überrascht war oder was sie darüber dachte, dass er vor ihrer Tür stand. Aus Verlegenheit fragte er, ob Denny auch da sei, dabei wollte er gar nicht zu Denny. Noch bevor sie etwas sagen konnte hielt er ihr den Karton mit dem Service hin. »Wollen Sie das vielleicht haben?«

Frau Schabionke, also Ramona, musterte ihn kurz, drehte sich dann um und ging rein. Die Tür ließ sie offen stehen. Jakob wusste nicht genau, was er jetzt machen sollte, und wippte ein wenig auf den Füßen hin und her. Dann stellte er den Karton auf der obersten Stufe ab und folgte ihr ins Wohnzimmer.

»Sektchen?«, fragte sie und ging zu einer rustikalen Schrankwand, aus der sie zwei Flaschen herausholte. Jakob stach das übergroße Panoramabild ins Auge. Im ersten Moment dachte man wirklich, es sei ein sehr breites Fenster, das sich zu einer paradiesischen Landschaft hin öffnet. Aber dann merkte man doch schnell, dass es ein Bild war, auf dem auch die geöffneten Fensterflügel mit aufgemalt waren. »Hat der Denny gemacht«, erklärte Frau Schabionke. »Whow«, sagte Jakob. »Er ist wirklich geschickt.«

Vor dem Panoramabild stand in einer Ecke ein Heimtrainer, der aber eher unbenutzt aussah. An der Wand in der Mitte, also gegenüber der Plastiktür, war eine Sitzlandschaft. Sehr wülstig, aber trotzdem mit wenig Platz zum Sitzen. Auf dem gefliesten Couchtisch lagen Utensilien, um Zigarettentabak in Hülsen zu stopfen, ein gefüllter kalter Aschenbecher und eine aufgerissene Safttüte. Er setzte sich und nahm aus Nervosität den Bilderrahmen von dem Lampentischchen, das zwischen dem Sessel, auf dem er saß, und der Sitzgruppe stand, auf der Ramona sich um die Getränke kümmerte. Das Bild zeigte eine oder einen Jugendlichen im Badeanzug mit Medaille um den Hals.

»Bist du das?«

»KJS. War nicht leicht reinzukommen. Und noch schwerer raus.«

Jakob schaute sie etwas fragend an. »Kinder- und Jugendsportschule«, erklärte sie. »Erst denkste, das ist toll. Aber dann, die reinste Misshandlung.«

Sie hatte ein Mixgetränk aus Blue Curaçao, Rotkäppchensekt und Orangensaft zubereitet und hielt ihm ein Glas hin. »Prösterchen.«

Jakob hatte irgendwie das Gefühl, die Geschichten vom Leistungssport in der DDR schon zu kennen, und wusste nicht so recht, was er dazu sagen sollte. »Und das war so, wie man sich das vorstellt?«, fragte er dann doch.

»Schlimmer.«

Er schaute durch die Terrassentür zu ihrem Häuschen nach gegenüber. Es sah vertraut aus, aber aus dieser Perspektive auch völlig fremd. »Komisch, wie unser Haus von hier aussieht.«

Sie hatte ihr Glas fast in einem Zug leergetrunken und er probierte jetzt auch. Das Getränk war überraschend gut.

»Brauchst dich gar nicht zu verstecken, wenn du hier rüberschielst.«

Jakob verschluckte sich fast.

»Was? Ich?«

»Ja, du, mein Mäuschen.« Ramona lachte, und man konnte hören, dass sie viel Zeit mit Rauchen verbrachte.

»Ich schiel doch nicht rüber. Ich muss nur manchmal nachdenken. Und dann steh ich halt am Fenster«, erklärte er sich.

»Und was denkst du da?«, fragte sie und zog dabei die Augenbrauen zweimal nach oben.

Jakob fühlte sich ertappt, er musste hier raus, aber sie füllte schon die Gläser nach. Es entstand eine längere Pause und er war froh, das neue Glas nehmen zu können. Die Frage stand anscheinend noch im Raum.

»Ich denke halt, dass du öfter mal Besuch bekommst. Von Männern.« Schon als er das gesagt hatte, ärgerte er sich. Was sollte das denn?

»Das stellt du dir also vor.«

Jetzt musste er aber wirklich los. Er stürzte das zweite Getränk hinunter und verabschiedete sich hastig.

Zum Abendessen gab es Milchnudeln mit Zucker. Danach hatte er noch Lust auf so ein Mixgetränk wie bei Ramona, aber ihm fehlten die entsprechenden Zutaten. Als er zufällig nochmal zum Nachbargrundstück schaute, sah er, wie das Auto des Maklers davor anhielt. Er kümmerte sich lieber nicht weiter darum und setzte sich an seinen Schreibtisch, den er schon extra in die Ecke hinter der Tür gerückt hatte, damit der Schrank später Platz haben würde. Unmöglich saß man hier, eingepfercht und ohne die Chance, überhaupt mal einen Blick nach draußen zu erheischen, aber gut, wenn sie darauf bestand.

Er machte sich bettfertig, zog sein Schlafshirt an, putzte sich die Zähne und legte sich auf die Matratze. Am nächsten Tag würde er aufräumen und sauber machen. Die Fenster putzen.

Er stand nochmal auf und schaute hinüber. Das Auto des Maklers stand noch immer da. In Ramonas Wohnzimmer war nur schummriges Licht und er konnte beim besten Willen nicht erkennen, ob das Herz da hing oder nicht. Er ging rüber in die Dachkammer und zog den alten Pelzmantel über. Damit das Gartentürchen nicht quietschte, ging er hintenrum, durchs Feld, und dann erst über die Straße. Die Nachbarn hatten natürlich, Ordnung muss sein, den Drahtzaun ums ganze Gelände gezogen. Er musste den großen Zeh in die Maschen stecken, um drüberzusteigen. Der Zaun klapperte leise, Jakob bewegte sich langsamer und weniger ruckartig. Wahrscheinlich würde man ihn in dem Mantel in der Dunkelheit kaum ausmachen können, und wenn, dann eher als Tier. Der Vorhang war nicht vollständig zugezogen, er stützte sich auf die Holzstiege und schielte durch den Spalt, als es laut fauchte. Im nächsten Moment sprang die Katze an dem Mantel hoch und mit noch einem Satz war sie an seinem Kopf. Sie jammerte laut, fast wie ein Baby und krallte ihm in die Kopfhaut. Dieses verdammte Scheißvieh! Er packte den Kater mit beiden Händen und wollte ihn runterzerren, dabei biss er ihn in die verletzte Hand, und Jakob schrie laut auf. Fuck! Er warf die Katze mit aller Kraft in die Nacht und rannte los. Mit einem Satz kam er über den Drahtzaun, aber ein Zipfel des Mantels verhakte sich und er stürzte auf der anderen Seite runter. Kurz darauf hörte er die Plastiktür klacken. Er zerrte an dem Mantel, kam aber nicht los. Der Strahl einer Taschenlampe schien aus der Tür und leuchtete den Garten ab. Jakob schaffte es, den Mantel abzustreifen, und legte sich nur im T-Shirt flach auf den Boden. Trotz seiner Aufregung versuchte er, möglichst geräuschlos zu atmen. Er traute sich nicht hochzuschauen, wenn sie die Dunkelheit ableuchtete, könnte ihn das helle Gesicht verraten. Nach einer Weile hörte er wieder das Miauen der Katze. Das schien Ramona Information genug zu sein, und die Tür klackte wieder zu.

Zur Sicherheit war er noch eine Weile liegengeblieben und operierte dann mit größter Vorsicht den Pelzmantel von den Drahtspitzen des Zauns. Er ging nicht direkt wieder rüber, sondern in einem großen Bogen durch den Wald.

Zurück zu Hause riss er sich den Mantel vom Leib. Er war noch so in Rage, dass an Schlaf nicht im Ansatz zu denken war. Für den Anfang spülte er schon mal die beiden Teeschälchen ab, von Hand natürlich, wie es sein musste, und stellte sie an ihren Platz, als ihm dieser sonderbare Plastikgeruch auffiel. Eigentlich hatte er es schon zuvor gerochen, aber jetzt roch es so verschmort, dass es sich nicht mehr ignorieren ließ. Er versuchte den Geruch zu lokalisieren. Beim Stromzähler im Kellerabgang war nichts zu entdecken. Er lief durchs Haus und riss die ganzen Verlängerungskabel und Dreierstecker aus den Dosen. Es hatten sich schon eine ganze Menge Geräte angesammelt, die am Ende alle nur an ein paar Steckdosen hingen. Natürlich waren die alten Kabel total überlastet, da wunderte es ihn nicht, dass es zu Problemen kam. Als er unter der Küchenbank den Stecker vom Heizlüfter rauszog, ging die ganze Steckdose von der Wand ab und auch ein Stück von dem Kabel, das nur unter der Tapete geführt worden war. Er zog noch ein bisschen weiter und war erstaunt, wie leicht sich das Kabel zusammen mit der ganzen Tapete von der Wand löste.

Die meisten anderen oberirdischen Leitungen waren ähnlich einfach abzubekommen. Er wurde ganz euphorisch, in so kurzer Zeit doch eine Menge zu schaffen, vielleicht sollte er sich gleich noch an den Durchbruch machen. Seine Wunde war in Aufruhr, er musste sie unbedingt ein bisschen reinigen und neu verbinden. Er riss sich den versifften Verband runter und pustete auf das offene Fleisch. Die Haut um die Wunde war dunkelrot, ein Teil war von Eiter bedeckt. Der Körper versuchte sich mit aller Kraft gegen die Bakterien zu wehren.

Irgendwann schien das erste Licht des Morgens durch die Fenster. So früh wurde es ja jetzt gar nicht mehr hell, er hatte wirklich die Zeit ganz vergessen. Er ging nach draußen und sah, wie die Sonne am Horizont erschien. In den Gräsern hing Morgentau und etwas Nebel lag über den Wiesen. Sonst tat sich nichts, auch das Auto des Maklers war weg. Er hatte noch immer nur das T-Shirt an und die Morgenluft war kühl auf seiner Haut. Hoch am Himmel waren einige Eiswolken zu sehen, das hieß, es würde im Laufe des Tages wärmer werden und dann Regen geben. Er sollte viel mehr über das Wetter schreiben. Über den Geruch, die Temperatur, das Licht, die Windströmung, die Feuchtigkeit. Jakob stützte die Hände in die Hüften und schloss die Augen. Die frühen Sonnenstrahlen waren warm und die Füße nass im kalten Gras. Bald wäre auch der Herbst vorbei, und dann würde es Winter werden. Er streckte sein Gesicht der Sonne entgegen und stellte sich vor, dass Ramona zu ihm herübersah. Er genoss es, ihren Blick auf sich zu spüren, wie er dastand, mit geschlossenen Augen und dem dünnen T-Shirt und seinem nackten Schwanz darunter, und er pisste los.

Ein seltsames Gefühl, so freihändig zu pinkeln wie ein Tier, das sich keine Gedanken macht. Wie bescheuert er aussehen musste, dachte er. Dann machte er die Augen auf und sah direkt zu ihr hinüber. Irgendwie ins Leere, aber doch direkt zu ihr. Die warmen Urintröpfchen, die auf seine Füße und an seine Unterschenkel spritzen, bildeten einen deutlichen Kontrast zum kalten Gras. Der Urin dampfte und der Ammoniakgeruch stieg ihm in die Nase. Er nahm seinen Schwanz in die Hand, schüttelte ihn lange und sorgfältig ab und ging zurück ins Haus.

In den Schränken der alten Frau fand er ein kleines Fläschen Rum-Verschnitt. Er öffnete es und kippte zur Desinfektion einen Schuss direkt auf die Entzündung. Eigentlich hatte er erwartet, dass es gleich losbrennen würde, aber nichts. Nach ein paar Sekunden fing es dann doch leicht zu kribbeln an und dann zu brennen. Es steigerte sich schnell und kontinuierlich zu einem Feuersturm und wollte gar nicht mehr aufhören. Das Blut rauschte so laut durch seine Adern, dass es in den Ohren zu wummern anfing und er sonst gar nichts mehr hörte. Das Wummern wurde lauter und lauter und verwandelte sich in ratternde, fast knallende Schläge.

»Jakob! Hey, Jakob!« Friedel rüttelte ihn an der Schulter und Jakob machte die Augen auf.

»Ich fass es nicht. Das kann doch nicht wahr sein«, hörte er Wolfram im Flur.

Jakob war noch ziemlich daneben und bemerkte, dass er unter dem Pelzmantel nichts anhatte. Er setzte sich schnell auf und wickelte sich in den Mantel ein. Zu seiner Verwunderung war an seiner Hand ein neuer blütenweißer Verband. Das Zimmer lag voller Steine und Staub und in die Wand zwischen Küche und Abstellkammer war ein großes Loch geschlagen.

»Was ist hier los, Jakob?« Friedel schaute ihn eindringlich an, Jakob wich ihrem Blick aus, schaute an ihr vorbei nach draußen und sah den weißen SUV mit Anhänger und auf dem Anhänger die zerlegte Schrankwand.

»Ich hab geträumt«, sagte er, stand auf und umarmte Friedel etwas zu stürmisch. »Wie schön, dass du wieder da bist.«

Genauso vorbehaltlos umarmte er dann auch Irene und sogar Wolfram.

»Ach du Scheiße, die Wand ist doch tragend!«, riss Wolfram sich los und sah sich weiter um. Die meisten Stromleitungen waren aus den Wänden herausgerissen, und in der Wand war nicht nur ein großes Loch, sondern es ging auch ein breiter Riss nach oben bis zur Decke.

»Was hast du denn mit den Kabeln angestellt?«, wollte Friedel wissen.

»Das war doch nicht ich«, verteidigte sich Jakob im Affekt.

»Die waren doch ganz in Ordnung, das hat alles funktioniert«, sagte Friedel.

»Das war total gefährlich, unten im Keller hat es schon gebrannt.«

Friedel sah Jakob skeptisch an.

»Das war Denny.« Was Besseres fiel ihm in der Hektik nicht ein. »Ich war auch total schockiert.«

Sie schauten ihn an und warteten offensichtlich auf seinen ausführlichen Bericht. Jakob schilderte, dass er im Krankenhaus war, um seine Hand professionell behandeln zu lassen, und wegen des Geruchs nach verschmorten Kabeln hatte er Denny gebeten, mal nach der Ursache zu sehen, und als er zurückkam, hatte Denny auch schon angefangen, alles zu zerlegen. Selbstverständlich hatte Jakob sich mächtig aufgeregt, aber was hätte er denn tun sollen, also habe er sich entschlossen, die Flucht nach vorn anzutreten.

Friedels Vater war nur schwer davon abzubringen, gleich zu Denny rüberzugehen, und Jakob musste schon mit einer drohenden Blutvergiftung anfangen, und wie froh die Ärzte gewesen wären, dass er endlich zu ihnen in die Praxis gekommen war.

Liebe Mutter,

als ich neulich mal wieder Milchnudeln gemacht habe, fiel mir ein, dass ich als Junge noch lange ins Bett gemacht habe. »Eingepinkelt« hast Du immer dazu gesagt. Meistens war das in den Hotels, wenn wir mit einem von Deinen Männern da waren. Weißt Du noch, wie Du einmal bei der Rezeption angerufen hast und dort Bescheid gegeben hast, dass Dein »lieber Herr Sohn« eingepinkelt hat. Das war natürlich nicht notwendig, ich war ja schon genug bestraft, dass es mir überhaupt passiert war. Hab ich Dir mal erzählt, wie weh es mir getan hat, Dich immer so enttäuschen zu müssen?

Ich weiß schon, dass Dein Leben ohne mich viel glücklicher verlaufen wäre. Am liebsten wäre ich auch gar nicht da gewesen.

Vollkommen überraschend entwickelte sich dann doch ein ganz angenehmer Abend. Das Improvisierte, Unfertige bietet eben doch immer Freiraum für Kreativität. Alle fanden ihren Spaß daran, sich etwas einfallen zu lassen, wie es auch ohne Strom ging. Sie bauten einen Feuertopf, den sie mit einem Stück Draht an drei Stöcken über das Feuer hängten, stellten in der Küche Kerzen auf und von einer Steckdose im Kellerabgang, die Jakob übersehen hatte, zogen sie ein Kabel nach oben ins Bad. Sie stellten eine Stehlampe nach draußen und sorgten dafür, dass der Kühlschrank wieder Strom bekam, zum Glück war im abgetauten Tiefkühlfach nur das Wildschweinherz gewesen, das Denny mal mitgebracht hatte. Auch Friedel spürte die gute Stimmung, und wenn sie Jakob einen Blick zuwarf, leuchteten ihre Augen. Es ging sogar so weit, dass Friedel, als sie alle um den Eintopf über dem Feuer saßen, vor lauter Übermut in die Küche ging und mit dem Wildschweinherz zurückkam.

»Hier, noch Fleischeinlage«, sagte sie und kippte das Herz über dem Topf vom Teller runter. Es plumpste mit einem Platsch in die Suppe und versank auf der Stelle. Wolfram staunte nicht schlecht: »Du und Fleischeinlage, was ist denn los?«

»Na ja, wenn es selbst erlegt ist. Wildschweinherz.«

»Bäh«, kam es aus Irene heraus.

Jakob wusste natürlich, dass die ganze Harmonie eine Illusion war und die Konstruktion in sich zusammenbrechen würde. Trotzdem versuchte er es noch abzuwenden, als hinter ihm das Gartentürchen quietschte. Er schnellte hoch, steuerte auf Denny zu und versuchte ihm mit Zeichensprache verständlich zu machen, dass er ihn jetzt wirklich nicht gebrauchen konnte.

»Hey«, grüßte Denny und hielt eine Plastiktüte hoch. »Hab was zu trinken mit.«

»Wir haben Besuch«, versuchte Jakob ihn abzuwimmeln, ohne zu viel Hoffnung damit zu verbinden.

»Ach, das ist wohl besagter Denny!«, brachte sich Wolfram auch schon in Stellung. Jakob schaute zu seiner Schwiegerfamilie, die ihm jetzt wieder ganz fremd vorkam. Wolfram, der aufgestanden war, um sich für den Disput zu positionieren, richtete sich das Hemd in der Hose und zog sie hinten hoch. Das war's, dachte Jakob und gab den Weg frei. »Komm doch rein!«

Die Friedelfamilie wollte natürlich wissen, wie Jakob diesen Typen jetzt zur Rechenschaft zog, und wartete erstmal ab.

»Jemand Bock auf Dirty Mothers?« Denny stellte eine Schnapsflasche und eine Tüte Milch auf den Gartentisch und goss ein gutes Glas voll, ein Drittel Weinbrand, zwei Drittel Milch. Er schaute kurz auf und reichte den Cocktail Irene, als könnte er Gedanken lesen. Wolfram konnte sich jetzt keinen Moment länger zurückhalten und schrie los: »Was fällt Ihnen eigentlich ein, die Kabel hier einfach rauszureißen!«, und dass das ja die Höhe sei und er hoffe, dass Denny ein paar »Groschen« für das Kupfer bekommen habe, und so weiter. Denny gab sich betont unbeeindruckt und mischte noch ein weiteres Glas. Er konnte natürlich nicht wissen, wovon die Rede war, aber das schien ihn auch gar nicht weiter zu interessieren. Wolfram hatte sich etwas zu dicht vor ihm aufgebaut, aber Denny verzog keine Miene und nippte an seinem Getränk. Dann guckte er zu Wolframs SUV und zeigte kurz mit dem kleinen Finger darauf: »Was schluckt denn der?«

»Lenk mal nicht ab.«

»Wichser!« Jakob traute seinen Ohren nicht. »Pajero, beim Spanier heißt das Wichser.«

Jakob schaute zu Friedel. Auch sie war sichtlich überrascht und bekam etwas Farbe ins Gesicht. Aber er glaubte auch, ein gewisses Gefallen zu erkennen. Die Art, wie Denny die Provokation vollkommen unberührt hinnahm und dann gegen Wolfram richtete, machte ganz offensichtlich Eindruck auf sie.

Jakob hatte sich noch ein Glas Wein mit ans Bett genommen und hatte irgendwie noch Lust, ganz viel zu reden. Auch Friedel wirkte aufgekratzt. Dennys Auftritt war schon sehr intensiv und hallte in ihnen nach. Es hatte ihn nicht mal interessiert, was hinter der ganzen Geschichte steckte, und er war feinfühlig genug gewesen, sich dann zielstrebig zu verabschieden. Welche

Ruhe und Sicherheit er ausgestrahlt hatte. Jakob legte seine Hand auf Friedels Schulter und zog sie etwas zu sich heran. Er küsste sie, schob ihr Nachthemd etwas herunter, knöpfte noch zwei Knöpfe auf und fasste an ihren Busen. Er war jetzt schon deutlich größer geworden und fühlte sich ganz warm und fest an. Sie machte mit und fing richtig an zu knutschen, etwas zu wild. Dann setzte sie sich auf ihn und zog ihr Nachthemd ganz aus. Jakob betrachtete ihren Körper mit dem schon deutlich gewölbten Bauch und kannte sie gar nicht. Er spürte, wie weit weg sie mit ihren Gedanken war, aber überraschenderweise gefiel ihm das eher. Sie begann, sich auf ihm zu bewegen, und er machte die Augen zu. Er dachte an den Pelzmantel auf seiner nackten Haut und an seinen steifen Penis, der daraus hervorstand. Wie ein ungeborener Falter steckte er im seidigen Kokon des rauhen Fells. Er sah sich aber nicht von außen, sondern schaute in sich hinein, hatte das Gefühl hineinzustürzen, in sich selbst. In einer Spirale ging es immer weiter, immer tiefer hinab in sein Unbewusstes. Jakob richtete sich auf und drehte Friedel etwas unsanft auf den Bauch. Sie rutschte halb von der Matratze runter und lag mit dem Gesicht auf dem Boden. Sein Verstand war ausgeschaltet, er war nur noch Trieb, ganz eins mit sich.

Es war bestimmt schon nach Mitternacht. Aus der Dachkammer, in die sie den Schwiegereltern das Doppelbett der alten Frau gestellt hatten, drang Wolframs Schnarchen zu ihnen herüber, Friedel atmete ruhig und gleichmäßig. Jakob war erschöpft, aber seine Gedanken drehten sich immer noch so sehr in seinem Kopf, dass er nochmal aufstand. Er leuchtete mit dem Handy den Weg die Treppe hinunter. Er wusste schon, welche Stufen knarrten, und machte einen großen Schritt darüber. Als er in der Küche leuchtete, tauchte plötzlich Irenes Gesicht in der Dunkelheit auf. Sie hielt ein Piccolofläschchen in der Hand und auf der Untertasse vor ihr waren schon zwei Zigarettenkippen. Sie blinzelte von dem grellen Licht. Wenn er das geahnt hätte, wäre er natürlich nie runtergegangen.

»So hätte ich euch gar nicht eingeschätzt«, lallte sie. Irene nahm sich noch eine Zigarette aus ihrer Packung. Jakob gab ihr Feuer und zündete mit dem Rest des Streichholzes den Kerzenstummel an.

»Krieg ich auch eine?«

»Aha?«, sagte sie vieldeutig und schnippte die Schachtel auf dem Tisch in seine Richtung. Als er den Rauch inhalierte, musste er erstmal husten. »Nicht mal rauchen kannst du.«

Er überlegte, ob er jemals schon mit Irene so zu zweit allein gewesen war.

»Im Alter wünschst du dir, einfach mal so richtig rangenommen zu werden, so machomäßig«, sinnierte sie vor sich hin.

»Ach ja?«

Jakob sah das Wildschweinherz, das beim Essen ganz vergessen worden war und jetzt in seiner Lache auf einem Schneidebrett lag. Er verspürte einen Riesenappetit auf dieses Organ, schnitt eine Scheibe davon ab und steckte sie sich in den Mund. Obwohl es so lange gekocht hatte, war es noch fest, aber nicht faserig. Es war ein reiner Muskel, dachte Jakob, keiner, der an Sehnen zog, sondern nur an sich selbst. Er schnitt noch eine dicke Scheibe ab.

Irene verzog angewidert das Gesicht, und es bereitete ihm ein gewisses Vergnügen, vor ihr mit vollen Backen zu kauen.

»Nächtliche Fressanfälle zeugen von einem schwachen Charakter«, sagte sie in ihrer verächtlichen Art, rutschte vom Stuhl und schwankte Richtung Treppe.

»Schwächling«, hörte er sie im Raufgehen noch sagen. Er war stolz auf sich, wie wenig ihn die Begegnung aus der Fassung gebracht hatte. Vielleicht hatte er aber auch einfach zu viel gesehen, wenn es um betrunkene ältere Frauen ging. Wobei, so alt war seine Mutter ja gar nicht und sicher wäre sie auch nicht gerne so alt geworden.

Wie oft hatte er ihre Tabletten weggeschmissen oder den Alkohol ausgekippt und dann den Notarztwagen gerufen? Beim letzten Mal hatte er wieder so ein Gefühl gehabt. Es war ein verregneter Vormittag, und als er in die halb verwüstete Wohnung kam, bestätigte sich seine Vorahnung. Er wusste nicht gleich, wie schlimm es diesmal sein würde. Sie lag auf dem gekachelten Küchenboden und hatte schon erbrochen, aber wohl nicht genug. Er war ganz ruhig, so ruhig wie noch nie, wenn er seine Mutter gefunden hatte. Er beugte sich zu ihr hinunter und fühlte ihre Stirn, sie war noch warm. Er legte seine Hand auf ihren Bauch, ihr Atem ging ganz schwach. Er hätte auch jetzt wieder die Notrufnummer wählen können und sie wären gekommen, hätten sich die leeren Tablettenröhrchen und die leeren Flaschen angeguckt und hätten Bescheid gewusst. Aber er tat es nicht. Er legte sich neben sie und wartete. Diesmal würde er sie nicht alleine lassen.

Draußen war es noch gar nicht richtig hell, als er von Friedels Wimmern geweckt wurde. Sie lag neben ihm und krümmte sich vor Schmerzen. Er wollte ihr helfen, wusste aber nicht wie.

»Versuch mal, deinen Schmerz genau zu beschreiben.«

»Du Idiot, es ist das Baby. Es sind richtig starke Krämpfe.«

Wie elektrisiert sprang Jakob hoch. Sie mussten auf der Stelle in ein Krankenhaus. Er zog schnell an, was noch auf dem Boden lag, breitete eine Decke über Friedels Schultern und führte sie nach unten. Er musste sie stützen, sie konnte sich gar nicht aufrichten.

Wie aus dem Nichts war Irene plötzlich im Nachthemd hinter ihnen aufgetaucht. »Was ist los? Was ist passiert?«, kreischte sie immer wieder und trommelte Jakob auf den Rücken.

»Ich verliere das Kind«, brachte Friedel gerade noch raus und ließ sich stöhnend auf den Beifahrersitz fallen.

»Jetzt warte doch mal ab. Wir fahren ins Krankenhaus, und da werden wir sehen, was ist.« Aber Irene war schon nicht mehr zu stoppen und schlug immer weiter auf ihn ein. »Du Dreckschwein!« schrie sie ihn an und roch aus dem Mund nach Zigaretten und Kloake.

Jakob hielt Friedels Hand und gemeinsam lauschten sie dem Rauschen des Ultraschalls mit den schnellen Schlägen des Herzchens, dem dumpfen rhythmischen Pochen eines imaginären Organismus. Die Ärztin beruhigte sie, dass Sex in der Schwangerschaft kein Problem sei, auch wenn er mal etwas heftiger ausfiele, solange man auf gefährliche Gegenstände verzichte. Mehr oder weniger starke Bauchschmerzen könnten ebenso auftreten, und das sei ja auch kein Wunder, wenn man sich nur mal den weitreichenden Umbau des ganzen Körpers der Frau vorstelle. Jakob starrte auf den Monitor mit den krisseligen Schatten und Formen, die Ursuppe, aus der das Leben entstehen sollte. Er bewegte die Finger seiner Hand und fühlte nun auch sein eigenes Herz schlagen.

»Das sieht aber nicht gut aus«, riss die Gynäkologin ihn aus seinem Tagtraum. »Ist das entzündet? Die Fingerspitzen sind ja ganz blau.«

Jakob erschrak und versteckte die Hand wieder unter seiner Jacke.

»Am besten, Sie gehen gleich mal in die chirurgische Ambulanz.«

Friedel sah ihn streng an. »Du warst doch erst beim Arzt damit.«

»Stimmt«, sagte Jakob und verließ das Zimmer.

Er ging ein Stück den Flur entlang und setzte sich erstmal auf eine Bank. Er fühlte sich erschöpft und auch eigentlich überfordert. Wenn er ehrlich war, hatte er überhaupt kein richtiges Gefühl zu der ganzen Krankenhaussituation. Natürlich war er erschrocken, als Friedel mit Krämpfen aufgewacht war, und auf der Autofahrt hatte er beruhigend auf sie eingeredet, aber im Grunde fühlte er sich wie ein Nebendarsteller, der seine Rolle herunterspielt. Er stand auf und ging weiter die Gänge entlang, suchte allerdings nicht wirklich nach der Notaufnahme. An einem Snackautomaten ließ er sich einen Schokoriegel raus und aß ihn gleich neben dem Gerät in großen Bissen auf. Das süße, klebrige Nusszeug war ganz wunderbar und er warf gleich noch mehr Geld in den Automaten. Er hatte den Mund noch voll und der zweite Schokoriegel purzelte gerade ins Ausgabefach, als Irene und Wolfram auf ihn zustürmten.

»Wo ist sie?«, bellte Wolfram ihn an, und: »Was ist mit dem Kind?«, Irene hinterher.

»Alles ist gut. Dem Kind fehlt nichts«, nuschelte er und biss vom zweiten Riegel ab. »Es gibt nur noch eine kleine Untersuchung.«

»Was für eine Untersuchung?«, wollte Wolfram wissen.

»Eine Schwangerschaftsuntersuchung.«

Voller Wut schlug Wolfram ihm jetzt den Rest des Schokoriegels aus der Hand.

»Hör mal zu, wir sind hier in einem Krankenhaus. Nichts ist gut hier! Ich möchte sofort mit einem Arzt sprechen.«

Jakob hob betont langsam den Riegel vom Boden auf, wischte den Staub ab und steckte sich den Rest in den Mund.

»Sprich, mit wem du willst«, sagte er, drängte sich zwischen den beiden durch und ging den Gang hinunter.

Jetzt, wo es hell war, sah man, dass Nebel aufgezogen war. Im Autoradio lief eine Oper mit Falsettgesang. Er beobachtete die Menschen in der Kleinstadt, die ihre Liebsten im Krankenhaus besuchten. Manche mit Blumen, andere mit Taschen, in denen sich Obst, Zeitschriften und Schokolade befinden mussten. In einer Ecke rauchte eine kleine Gruppe vom Klinikpersonal um einen hohen Aschenbecher herum. Als der Gesang vorbei war, startete Jakob den Motor und fuhr los.

V

Und dann kam die Zeit, in der das Land und die Ozeane immer wärmer wurden. Die Gletscher und die Eiskappen der Pole verschwanden und der Meeresspiegel stieg und stieg. Die warmen und die kalten Strömungen änderten ihren Verlauf und stürzten die Welt ins Chaos. Die vorher gemäßigten Zonen wurden von Dürren und Stürmen überzogen, während in den Wüsten Überschwemmungen herrschten und die Urwälder im Feuer verbrannten. Nicht nur die Himmelsteiche, auch die großen Flüsse und Seen trockneten aus und die Boote hingen an ihren Ankerketten im Sand. Die Menschen, die das nicht glauben wollten, beteten zu ihrem Gott, aber es nützte nichts. Es gab kein Zurück.

Liebe Mutter,
ich weiß jetzt, was zu tun ist. Ich muss mich befreien von allem, was mich die ganze Zeit ablenkt vom Wesentlichen. Leb wohl.

Der Nebel war seit den Morgenstunden dichter geworden und krabbelte nun die Hänge hinauf. Als Jakob ausgestieg, erkannte er erst wenige Meter vor der Haustür, dass sie offenstand. Er rief in den Flur hinein, bekam aber keine Antwort. Aus der Küche hörte er das Klappern von Geschirr und fand dort Frau Schabionke, die am Spülbecken stand.

»Was machen Sie hier?«, raunte er sie an.

»Hab gedacht, ich mach ein bisschen Ordnung«, grinste sie zurück. »Wie geht's dem Baby?«

Wie distanzlos sie von dem Ungeborenen sprach. Er spürte, wie die Wut in ihm aufstieg. »Frau Schabionke«, er sagte ihren Namen so bestimmt wie möglich, »wir kommen schon zurecht.«

»Ramona«, sagte sie.

»Gut, Ramona, danke für alles.«

Er musste sie unbedingt loswerden, aber sie rührte sich nicht und glotzte ihn nur an.

»Geh jetzt!«

Sie fing einfach wieder an, im Spülbecken herumzuscheuern.

»Hau ab!«, schrie er sie an. Je häufiger er das jetzt noch sagen würde, desto weniger würde es geschehen. Sie würde weiter rumwischen und ihn angrinsen. Er stützte sich mit einem Bein nach hinten ab und schubste sie mit aller Kraft von der Spüle weg. Darauf war sie nicht gefasst. Sie verlor das Gleichgewicht, stürzte hin und ihr Kopf schlug mit voller Wucht auf den Boden.

»Das, das wollte ich nicht«, stammelte Jakob.

Sie lag reglos da, sagte nichts, jammerte nicht, lag einfach nur mit offenen Augen da. Das nahm er ihr jetzt wirklich nicht ab. Er schüttelte sie, griff sie am Hals, aber nichts. Am liebsten hätte er sie getreten, so sehr regte sie ihn auf. Seine Hand juckte fürchterlich unter dem schlecht gewickelten Verband. Er riss ihn runter und pustete auf die offene Wunde. Er lief hinaus in den Garten, aber gleich wieder rein. Sie lag noch genauso da.

»Schluß mit dem Scheiß! Steh jetzt auf!«

Jakobs Telefon klingelte. Er nahm es im Affekt aus der Hosentasche. Ahhh, das war die verletzte Hand. Ein scharfer, glühender Schmerz schoss bis an die Kopfhaut, er schrie laut auf. Das Telefon schmiss er neben die Schabionke hin, wo es immer weiter klingelte. *Friedel* stand darauf.

»Steh auf!«

Sie stellte sich tot. Er nahm ihre Arme und hielt sie über ihrem Kopf fest. Als sein Gesicht ganz nah an ihres herankam, konnte sie sich ein Grinsen nicht verkneifen. Wie ein Kind, das das Spiel nicht länger aushält.

Er packte sie an der Bluse und zerrte, bis sie riss. Dann das billige Spitzenunterhemd, einen BH hatte sie nicht an. Zwischen ihren Brüsten, vor allem aber um die Brusthöfe setzte sich ihr dunkler Flaum fort.

»Glotz mich nicht so an!«, schrie er. Sie drehte den Kopf und schaute zur Seite. Er fasste ihr leichtes Fell an und es war ganz weich. Schon wieder stand *Friedel* auf dem Telefon und es klingelte. Jakob gab ihm einen Stoß und es schlitterte unter die Küchenschränke.

Er packte Ramona mit einer Hand am Hals und hielt sie fest. »Ich weiß genau, wie du bist!«

»Du Schwein«, sagte Ramona ausdruckslos und versuchte, aus seinem Griff freizukommen. Aber er ließ sie nicht. Ihre Angst konnte er mehr riechen als sehen. Aber noch viel mehr roch er ihren Trieb, ihre Neugierde.

Die Larve eines Marienkäfers krabbelte unten an der Küchenablage entlang. Überall liefen sie jetzt herum. Er hatte eine Zeitlang gebraucht, um zu begreifen, dass die kleinen schwarzen Käfer mit der grellen, orangefarbenen Musterung Marienkäferlarven waren. Die Larven fressen sich mit Blattläusen voll, zigmal mehr als die fertigen Tiere, suchen sich ein ruhiges Plätzchen und verpuppen sich.

Das Klopfen an der Tür hatte sich schon zu einem Wummern entwickelt. Es war ihm klar, dass Friedels Eltern nicht einfach wieder weggehen würden. Nur noch einen kleinen Moment wollte er so liegen. »Wir wissen, dass du da bist«, riefen sie. Na und? Er schlug mit der flachen Hand auf die Larve und rappelte sich hoch. Er fischte sein Telefon unter dem Schrank hervor, ließ es in die Seitentasche des alten Pelzmantels gleiten, der an der Garderobe hing, und zog ihn über. Im Spiegel sah er, dass er ganz schön mitgenommen aussah. So lange und vehement war alles totgeschwiegen, unter der Decke gehalten worden, und jetzt musste es aufbrechen, musste heraussteigen, ausgerechnet bei ihm.

Unter der Spüle fand Jakob Einweghandschuhe und zog einen davon über die verletzte Hand. Das sah schon viel besser aus. Schön glatt, wie eine zweite Haut. Im Bad sprühte er sich mit Friedels Salbeideo ein und kämmte die Haare nach hinten. Jetzt musste er nur noch das enervierende Geklopfe an der Tür abstellen. Als er aufmachte, setzte er sogar ein nichtssagendes Lächeln auf, so bedeutungslos, als ob Friedels Eltern gerade zu seiner Tupperparty kämen. Wie erwartet stürmten sie mit ihren Vorwürfen auf ihn ein. Wenn man aber das, was vor einen hingeworfen wird, nicht aufhebt? Ja, was dann? Immerhin erfuhr er, dass sie Friedel erst mal mit zu sich nehmen wollten. Unter den Umständen gäbe es keine andere Möglichkeit. Jakob hatte gerade keine Meinung dazu und nahm die Information ungerührt zur Kenntnis. Er ging in sein Schreibzimmer, in dem jetzt auch der mächtige Schrank geparkt war, öffnete das Fenster und sprang hinaus.

»Bleib hier, du Loser!«

»Taugenichts!« Jakob spazierte seelenruhig ins Feld und wurde nach wenigen Metern vom Nebel verschluckt.

Er wollte nur eine kleine Runde drehen, nicht weit, nur so lange, bis sie verschwunden wären. Nicht nur die Sicht, auch die Geräusche schienen vom Nebel gedämpft. Er lief auf einem Weg zwischen zwei Feldern, als ganz leise ein monoton auf und ab schwellendes Heulen anfing. Es war nicht direkt ein Heulen, eher ein leises Pfeifen. Die Töne wurden immer lauter und schienen näher zu kommen, und dann sah er sie. Zwei weiße Schwäne, die recht dicht, kurz vor Jakob den Weg überflogen. Sehr tief, fast hätten sie das Gebüsch am Wegesrand gestreift. Einer der Schwäne drehte den Kopf, als er Jakob entdeckte, und schaute ihn kurz an. Offensichtlich erachtete er ihn aber für zu unwichtig, streckte den langen Hals wieder nach vorne und flog unbeirrt weiter. Nach wenigen Sekunden waren die Schwäne wieder im Nebel verschwunden und das Schlagen der Schwingen und ihr Keuchen wurde leiser und verschwand dann ganz. So etwas Wundersames hatte Jakob noch nie gesehen.

Es roch modrig und nach Pilzen, die zahlreich aus dem Boden sprossen. An einem Abhang wuchsen Brombeeren, sie rochen süß und sehr intensiv. Die Stacheln piecksten in die Haut. In der Dämmerung ging er zu der Lichtung mit der kahlen Stelle und schaute in die Richtung des Dorfes. Man konnte nur ein paar Lichter erahnen, aber er wusste ja, dass es da war. Er nahm sein Telefon heraus und starrte auf die *Friedel*-Liste mit den Uhrzeiten dahinter. Irgendwann hatte sie aufgehört, ihn anzurufen. Was hätte es bringen sollen, darüber zu sprechen? Und worüber eigentlich?

Die Schrankwand war aus trockenem Holz und mit alten Lacken behandelt und brannte dementsprechend gut. Den Deckel und den Boden musste er mit einer Axt etwas kleinhauen, aber den Rest, die Türen, die Einlegeböden und so weiter konnte er einfach raustragen und direkt aufs Feuer legen. Wie lange war dieses Monster hin- und hergetragen, durch die Gegend gefahren, geliebt und gehasst worden? Und jetzt, mit einem Mal, war es aus der Welt, für immer verschwunden. Er zerhackte dann auch noch die Kommode im Flur, riss ein paar der stinkigen Oberschränke von der Wand und schleppte alles raus. Bei jedem Stück, das im Feuer verging, spürte er die Fesseln von sich abfallen. Mit dem Laptop zögerte er noch, der war ja nur ein Werkzeug, aber die größten Meisterwerke der Weltliteratur waren auch ohne die Hilfe eines Computers entstanden. Als Denny auf ihn zukam, ließ er das Gerät in die Flammen fallen.

»Alter, du brauchst Hilfe«, sagte Denny. Er lag falsch. Endlich hatte er keine Hilfe mehr nötig.

Wahrscheinlich war es eine Art Anzahlung, als Denny das Auto an sich nahm. Es hatte ja ohnehin keinen Reiz mehr für ihn, sich damit fortzubewegen. Automobil, Lokomotion, Aviation, welch schreckliche Begriffe. Sich überhaupt fortzubewegen, fort wohin? Einfach nur weg?

Wahrscheinlich war das Auto, oder eben der Wert, den es hatte, irgendwann aufgebraucht. Denny und die Jungs arbeiteten trotzdem weiter. Und er fragte auch nicht nach. Wobei, interessiert hätte es ihn schon, ob Friedel und ihre Eltern da ihre Finger im Spiel hatten. Hatte Denny sich bei ihnen gemeldet? Wahrscheinlich hatten eher sie ihn angerufen, seine Nummer ausfindig gemacht und gefragt, was los ist. Und dann hatte Wolfram gesagt »Denny, dir untersteht jetzt die Baustelle.« Oder hatte Friedel mit ihm gesprochen? Und hatte Friedel sich dann unter Tränen nach ihm erkundigt und gesagt: »Kümmer dich doch bitte ein bisschen um ihn.« Dann war Denny jetzt sowas wie sein Aufpasser, sein Vormund.

Seit er und seine Jungs die Baustelle übernommen hatten, war Jakobs Refugium, das obere Schlafzimmer, absolute Tabuzone. Da durfte keiner rein. Alles andere war ihr Bereich, und das respektierte er ebenso.

Vor dem Fenster hatte er einen schmalen Läufer angebracht, der noch von der alten Frau im Flur gelegen hatte und kaum Licht reinließ. In dem kleinen Schränkchen unter dem Fenster gab es einen guten Vorrat von Fertigkuchen. Apfelkuchen, Zitronenkuchen, Bienenstich und natürlich, der war am allerbesten, Streuselkuchen. Ihre Haltbarkeit war fast unbegrenzt, sie waren schmackhaft und machten richtig satt. Gut, er hätte schon lieber die Küche noch mitbenutzt, aber das ging eben nicht. Eine Vereinbarung ist eine Vereinbarung, und um ihn auf den Verstoß hinzuweisen, haben sie ihn rumgeschubst und ihre Späße mit ihm gemacht.

Das hatte aber auch was Gutes, denn er fing mit den Ausflügen in den Wald an und entdeckte so seine neue Lieblingsstelle. Jeden Abend, wenn es ging auch schon früher, machte er sich auf den Weg. Die Stelle war jetzt nicht mehr die kahle Lichtung, sondern lag viel verborgener, tiefer im Wald. Erst kam der Mischwald und wenn man dem kleinen Bach nach Norden folgte ein Nadelwald, und danach kam der Buchenwald, sein Wald. Dort war vor einiger Zeit ein großer alter Baum umgekippt und die dadurch entstandene Mulde mit der hochstehenden Wurzel bot einen angenehmen Schutzraum.

Nicht weit entfernt gab es auch ein sehr großes Exemplar dieser Gletschersteine, auf dem er stundenlang sitzen konnte. Es war der Mangel an Reizen, der die neue Stelle ausmachte. Obwohl, wenn man aufmerksam war, die Reize waren nur andere. Die vielen Blätter, jedes bewegte sich nach seiner ganz eigenen Choreografie, zu seiner eigenen Melodie. Nur wenn man sich lange genug konzentrierte, also wirklich, wirklich lange, erkannte man die ganze Symphonie. Ihrer habhaft werden konnte man aber nie, im nächsten Augenblick war sie schon wieder verschwunden. Dann musste man wieder viele Stunden der Melodie jedes einzelnen Blattes lauschen, bis irgendwann, ganz leise, die große Symphonie wieder zu klingen begann. Manchmal griff er auch ein in das Gefüge, stellte Stöcke an die andere Seite der Wurzelkuhle, packte Grasbüschel drauf und wollte gar nicht mehr weg. Doch dann, irgendwann in der Nacht, manchmal auch erst in der Morgendämmerung, beim ersten dünnen Lichtstrahl, riss er sich los, lief kilometerweit über den weichen, moosigen Waldboden. Die Nächte waren oft eisig, und erst konnte er die Beine nur schwer bewegen, aber mit der Zeit ging es immer besser. Der moosige Boden wurde zu stoppeligem Boden, aber wenn man die Füße nicht allzu weit hochhob beim Gehen und die Stoppeln niederdrückte, waren die Stoppeln auch gar nicht mehr so stoppelig.

Für den Moment bot ihm das Zimmer alles, was er brauchte, das Zimmer und der Wald. Wie naiv sie doch herangegangen waren an die Sache. So ein Haus mit allem, was dazugehörte, stellte doch eine ungeheure Belastung dar. Vor allem auf dem Land. Ganz leichtfertig hatten sie den städtischen Schutzraum verlassen und sich auf unbekanntes Terrain begeben. Alles selber machen, welch haltlose Arroganz. Dielenböden, skandinavisch gelaugt, was sollte das überhaupt sein?

Seine Gedanken waren jetzt ganz klar und es wäre ein Leichtes für ihn gewesen, seine Visionen zu Papier zu bringen. Doch das Erstaunliche war: Jetzt, wo er alles hätte schreiben können, machte es einfach überhaupt keinen Sinn mehr, auch nur einen seiner Gedanken zu chiffrieren. Es war geradezu albern. Überhaupt, das Verlangen zu schreiben und zu veröffentlichen: Er wunderte sich, wie lange er diesem eitlen Wunsch hinterhergerannt war, wie wichtig er sich genommen hatte.

Nur wenn Denny und seine Truppe länger blieben und er nicht rauskonnte, machte ihn das ein bisschen nervös. Dann lief er im Zimmer hin und her, die längste Strecke von einer Ecke in die schräg gegenüberliegende. Gearbeitet wurde zwar nie länger als bis vier, eher drei, aber die Dennys drehten dann ihre Unterhaltungsmusik auf, tranken ihren Alkohol und brieten ihr Tütenfleisch. Anfangs wollte er ihnen böse sein, vor allem, als dann am Abend immer mehr dazukamen, zu ihren Partys. Vielleicht hätte er sie ermahnen sollen, ihre Arbeit zu tun und nichts weiter; still ihre Arbeitsstätte aufzuräumen und das Haus zu verlassen, wohin auch immer. Aber mit welcher Berechtigung hätte er ihnen vorwerfen können, dass sie nicht funktionierten, mit Regeln, die sich Personen wie Friedels Eltern ausgedacht hatten? Sie hatten schon längst erkannt, dass das nicht ihre Regeln waren, und leisteten ihren Widerstand. Wie hätte er ihnen böse sein können?

Unten war es jetzt schon eine Weile still und er war sicher, dass sie weg waren. Auf einem eingestaubten Fensterbrett entdeckte er eine Zigarettenpackung, und er hatte Glück, es waren noch ein paar drin und sogar ein Feuerzeug. Er setzte sich auf die abgedeckte Eckbank, die mitten ins Zimmer gezogen war, und zündete sich eine Zigarette an. Er schaute zum Nachbarhaus, kein Licht. Wie friedlich doch alles sein konnte. Dann hörte er ein leises Rascheln, konnte sich aber nicht rechtzeitig umdrehen, etwas wurde ihm über den Kopf gezogen. Danach hörte er das Abrollen von Klebeband und das Ding war an seinem Hals fixiert. Er versuchte, die Haube herunterzureißen, es fühlte sich an wie ein Plastiksack oder etwas anderes aus Kunststoff. Er sprang auf und lief los, irgendwo dagegen, stürzte hin und die Schläge fingen an. Immer wenn er sich schützen wollte kam ein neuer Schlag. Bang! Erst am Kopf und dann am ganzen Körper. Die dumpfen Schläge gingen noch, aber dann wurden sie schärfer. Er zerrte wieder an seinem Kopfkokon, aber das Material war zu fest, er schaffte es nicht, es zu zerreißen. Das musste den Angreifer herausfordern und die Schläge trafen hart auf seine Knochen.

Als er zu sich kam, saß er wieder auf der Bank. Ein greller Arbeitsscheinwerfer blendete ihn ins Gesicht. Auf dem Boden erkannte er eine blutverschmierte Mehrwegtasche mit einem Discounterspruch und irgendwelchem Gemüse drauf. Daneben lag sein Gartenspaten, ebenso blutverschmiert, wie überhaupt der ganze Boden. Er hatte eigentlich keine direkten Schmerzen, konnte sich aber trotzdem kaum rühren. Er musste einfach nur irgendwie nach oben kommen, in sein Refugium, in sein Reich. Das Aufstehen war nicht leicht. Er strauchelte, aber jemand stützte ihn von der Seite.

»Deine Küche ist ein gefährliches Pflaster«, half Ramona ihm hoch. »Na komm. Wir wollen doch nicht nachtragend sein.«

Jetzt war er wirklich froh, dass er das Fenster mit dem Teppich zugehängt hatte. Erst war es ja nur für die Morgenstunden, aber dann hatte er den Teppich gar nicht mehr abgenommen. Er hatte keinerlei Zeitgefühl, als er wieder in eine Art Wachzustand gekommen war, aber das war auch vollkommen belanglos. Überall am Körper und am Kopf spürte er schmerzende Stellen. Das war unangenehm, aber mehr Gedanken machte er sich um seine Mund- und Kieferpartie, wo er gar kein Gefühl mehr hatte. Offensichtlich hatte er bei der Aktion einige seiner Schneidezähne eingebüßt. Er zerbröselte ein halbes Stück Kuchen und steckte die Krümel in den Mund. Sie lösten sich im Speichel auf und er konnte den Brei runterschlucken. Wenn er den Kuchen einteilte, würde er noch eine ganze Weile damit auskommen. Im Bad konnte er Wasser trinken und die Toilette benutzen. Das einzig richtige Problem war, dass er das Pochen in seiner Hand jetzt nur noch ganz klein im Hintergrund spüren konnte. Aber es war noch da.

Er malte sich ein Leben in der Kartonstadt aus. In seinen Gedanken fügte er immer neue Gebäude aus Karton hinzu. Zur Kirche in der Mitte kam der Bäcker, der Schmied, der Kindergarten und natürlich ein paar Wohnhäuser. Alle klein und mit nur vier dünnen Wänden aus Pappe. Die Geschichten, die sich dort ereigneten, würde er seinem Kind erzählen. In diesem, also jetzt seinem Zimmer, würden sie zusammen eine Kartonstadt aufbauen, und in der Stadt wohnten die Mädchen und Jungen vom Pralinenpapier. Als er selbst noch ein Kind war, hatte er mal Pralinen bekommen, und auf den glänzenden Papieren waren so alte gemalte Bilder von Mädchen und Jungen, und diese Kinder lebten in seiner Kartonstadt. Und dann würden die Marienkäfer kommen und die Kinder vom Pralinenpapier stiegen auf ihre Rücken und brummm, flögen sie in seinem Zimmer herum.

Bald, wenn sein Gesicht und alles wieder verheilt war, dann wollte er den Teppich wegmachen, sich waschen und dann Friedel holen und das Kind. Vielleicht müsste er Dennys Auto leihen, oder Denny würde ihn sogar fahren. Er würde einen Blumenstrauß dabeihaben und die kleine Familie säße hinten und Denny würde den Rückspiegel etwas drehen und dann würde er sehen, wie glücklich sie waren, und er dämmerte wieder weg.

»Jakob!«, schrie es von draußen. Es hatte wohl schon ein paar mal geklopft, aber Jakob hatte das Geräusch in irgendeinen Traum mit Bauarbeiten eingebaut. Dann realisierte er, dass gar keine Dennys im Haus waren.

»Jakob!«, schrie es wieder. Er erkannte Marcs Stimme und schrie zurück: »Hau ab, verschwinde!«

»Wusst ich's doch. Los, mach auf!«

Er hatte sich verraten, wie hatte er nur so dumm sein können? Egal, er gab keinen Laut mehr von sich, reagierte nicht weiter auf Marc, der jetzt von draußen auf ihn einredete. Er konnte hier lange ausharren, eine Ewigkeit. Auf jeden Fall länger als Marc.

Es gab einen gewaltigen Rumms und es dauerte nicht lange und sein blödes Gesicht glotzte zur Zimmertür herein. Anscheinend mussten seine Augen sich erstmal an die Dunkelheit gewöhnen.

»Oh – mein – Gott!«

Fiel ihm wirklich nichts Besseres ein? Marc war doch wirklich ein einfältiger Golem, ein Batzen aus Lehm.

Mag sein, Jakobs Refugium bot nicht den allerbesten Anblick, aber sich so aufzuregen war ganz sicher nicht nötig. Marc riss den Teppich vom Fenster, und als er Jakob jetzt genauer sah, hielt er sich die Hand vor den Mund.

»Soll ich dir mal das Haus zeigen?«, lispelte Jakob. Er hatte seine eigene Stimme schon länger nicht mehr gehört und war etwas erstaunt über seine Aussprache. Seine Zunge hatte Schwierigkeiten, mit den fehlenden Schneidezähnen umzugehen. Jakob schluckte die Spucke runter, das mit dem Reden sollte er besser sein lassen. Marc nahm ihn am Arm und wollte ihm aufhelfen. »Komm, wir machen dich mal sauber.«

Jakob war einfach nicht kräftig genug, um gegen ihn anzukommen. Er ließ sich ins Bad führen, auf einen Stuhl setzen und sich entkleiden. Er hatte keine Angst vor Marc. Wirklich nicht, er war ja sein Freund. Während der ganzen Prozedur sprach Jakob kein Wort und Marc nur in ganz einfachen Sätzen, wie zu einem Trottel. Wie viel Geduld und Sorgfalt er bereit war, auf Jakobs Körperpflege zu verwenden, rührte ihn. Marc zog ihn wieder an, packte einen Jutebeutel mit etwas Unterwäsche, einer Zahnbürste und so.

Alle Versuche, die er unternahm, sich noch in Sicherheit zu bringen, waren zum Scheitern verurteilt. Friedel hatte schon am Krankenhaus gewartet. Sie stellten es so hin, dass er einen Unfall gehabt hätte und im Moment nicht so klar bei Verstand sei. Und der ganze schulmedizinische Apparat schenkte dem sehr bereitwillig Glauben.

Als er aus der Narkose erwachte, brauchte er eine Weile, um zu realisieren, wo er überhaupt war. Er lauschte in sich hinein. Kein Pochen.

Der Unterarm war bis über den Ellbogen abgenommen, die anderen Blessuren waren gereinigt und verbunden oder abgeklebt. Schluss, aus, vorbei, dachte Jakob. Er lag in der blütenweißen Kochwäsche des Krankenhauses in diesem aseptischen Gefängnisraum und hatte nichts mehr, an das er sich hätte klammern können, nichts, das ihn hätte halten können. Eigentlich wie ein Kind, ein neu geborenes, ohne Eltern. Ja, im Grunde war er ein neu geborenes Waisenkind, ohne Halt und ohne Willen.

Friedel hatte ihn im Krankenhaus besucht und sich so wohlerzogen und verständnisvoll benommen, wie man es von ihr kannte. Ihr Bauch war riesengroß. Im Grunde war sie aber nur gekommen, um ihm mitzuteilen, dass sie kein Paar mehr waren und auch nie wieder eins sein würden. An ihrer Strenge und Entschiedenheit erkannte er, dass er gar nicht daran denken sollte, jemals wieder in das Haus zurückzukehren, aber das war ihm eigentlich schon klar gewesen. Es war klar gewesen, als er seinen Schreibtisch wegrücken musste, damit irgendein vorgeschobenes Möbelstück da hinpasste. Und es war auch schon klar gewesen, als sein Name bei dem Notartermin nicht mehr im Vertrag gestanden hatte. Im Grunde war es sogar schon klar gewesen, als er sie das erste Mal gesehen hatte, in dem Gang mit der Soziologie.

Natürlich würde er noch der Vater sein, sagte sie, aber was das heißen sollte, darüber könne man zu diesem Zeitpunkt noch nicht sprechen, geschweige denn eine Abmachung oder so etwas treffen. Wie einfältig sie doch war, wie mechanisch einfältig. Ihr ganzes Denken war wie ein kleines Gerät. Wenn das und das passiert, dann fasst dieser kleine Hebel und löst dann den anderen Vorgang aus. Er hätte es ihr schon sagen wollen, wie unfassbar simpel sie war, aber er hatte ohnehin genug damit zu tun, ihnen keinen Anlass zu bieten, ihn noch länger in ihrer Obhut zu behalten. Also, aus dem Krankenhaus würde er schon rauskommen, aber dann in die Freiheit?

Er wusste ganz genau, wie er sich verhalten musste. Er war gut gelaunt, bejammerte den Verlust seines Gliedmaßes und zeigte ihnen ansonsten ein freundliches Wesen mit gutem Appetit. Er trank die gebrachten Teekännchen leer, aß die geschmacklosen Toasts mit den Plastikbutterkäsescheiben, und um auf Nummer sicher zu gehen, ließ er sich sogar noch die Reste seines Zimmernachbarn schmecken. Er lief seine Runden in den Gängen, ganz außen, um den Klinikkomplex herum, und ansonsten lag er reglos auf dem Bett und beobachtete die Elstern, die in dem Baum vor seinem Fenster ihr Nest errichtet hatten. Von allen Vögeln bauen die Elstern die ungemütlichsten Nester, lose zusammengesteckt aus ein paar Stöcken.

Im Krankenhaus waren sie froh über seine Fortschritte, und wenn er im Traum sprach oder es vorzog, sich unter der Decke zu verstecken und eine kleine Auszeit zu nehmen, hatte er das Glück, dass sie viel auf das Fieber und die Entzündung in seinem Körper schoben. Ohnehin hatte er viel Glück.

Der Bus fuhr dreimal am Tag, und nachdem er nach der Visite um neun entlassen worden war, musste er bis Schulschluss warten. Als einziger Erwachsener bestieg er zwischen einer Horde Kinder den Bus und fuhr zurück in sein Dorf. Er könnte sich eine Wohnung oder ein Zimmer suchen, hatte er im Krankenhaus überlegt. Wenn er seinen Onlinejob wiederbekäme, würde er bei den niedrigen Lebenshaltungskosten auf dem Land gut über die Runden kommen, und er wäre in der Nähe seines Kindes. Allerdings bräuchte er dann auch wieder einen Computer. Es wurde ihm schon gleich wieder ganz schwindelig von den vielen Wenn-danns. Am besten, er würde es zuerst im Gasthof versuchen, vielleicht gab es ja ein Zimmer unter dem Dach oder irgendwas in der Art.

So voll hatte er den Gastraum noch nie. Man hätte glauben können, sie hätten auf ihn gewartet. Die Gespräche verstummten und alle schauten ihn an. Er ging quer durch den Raum zur Theke und fragte nach einer Unterkunft, worauf Geflüster und ein paar Lacher folgten. In seinen Ohren setzte ein Rauschen ein, trotzdem entgingen ihm die Kommentare nicht.

»Der Herr Niemeier! Oder besser ›Nie mehr Eier?‹« Jakob sah jetzt erst, dass der Makler neben ihm an der Theke stand und offensichtlich etwas Spaß auf seine Kosten haben wollte. Einige brachen auch tatsächlich in Lachen aus, aber der Geräuschpegel flachte bald wieder ab. »Haus weg, Arm dran«, brüllte jetzt einer von hinten und die Gasthofgesellschaft war nicht mehr zu halten. Jakob nickte und wollte ein bisschen mitlachen. Wie hätte er sich auch wehren sollen, und warum? Selbst wenn ihm irgendwas Schlagfertiges eingefallen wäre, er hätte es nicht sagen wollen. Er hob nur seinen noch verbundenen Armstumpf in die Luft und zeigte ihn herum. Ein paar versuchten darüber zu lachen, aber die meisten fanden es schon nicht mehr so lustig, und dann wurde es vollkommen still.

Jakob wandte sich vom Tresen ab und ging in Richtung Tür, als ihn der Pferdekopf verschmitzt von der Seite ansah. Jetzt verstand er. Er lächelte zurück, drehte sich wieder in den Raum hinein und wieherte los. Keine Reaktion. Er sprang auf den Tisch unter den Pferdekopf und versuchte, ihn von der Wand zu heben. Das war gar nicht so leicht mit nur einem Arm, und er musste sich mit seinem ganzen Gewicht dranhängen, bis die Dübel endlich aus der Wand rissen. Der Kopf krachte herunter und mit der Stirn in die Teller und Biergläser, die die aufgesprungenen Gäste stehen gelassen hatten. Er wieherte noch einmal, sprang vom Tisch und verschwand.

Er hatte sich schnell an die Gesetze des Waldes gewöhnt. Wobei eigentlich gar nicht er sich den Wald angeeignet hatte, sondern der Wald sich ihn. Er hatte gar nichts zu tun brauchen und war von seiner Umgebung erfasst worden.

Das Leben im Dorf war keine Option mehr für ihn. Nur manchmal, für das Allernötigste machte er sich noch auf den Weg in den Laden, ein paar Sachen besorgen. In gewisser Weise hatte er das Gefühl, jetzt sogar mehr dazuzugehören als früher. Auch wenn er für die Menschen um ihn herum den Eindruck einer bemitleidenswerten Kreatur machen musste, so fühlte er sich gar nicht. Die, die schon länger im Dorf waren, würden zu denen, die neu dazukamen, flüstern: »Das ist der Dichter.« Und die Neuen würden verständig nicken, obwohl sie natürlich rein gar nichts verstanden.

Seinen Platz bei dem umgestürzten Baum hatte er sich noch weiter eingerichtet, und es fehlte ihm an nichts. Manchmal spürte er sogar das Pochen in seiner Hand, die gar nicht mehr da war. Eigentlich hatte er ja gedacht, dass es vorbei wäre mit dem Wesen, dass es gar nicht mehr zu ihm hineinkommen könnte, jetzt, wo der Weg versperrt war. Aber es war genau umgekehrt. Es lebte in ihm und kam nicht mehr heraus.

Die Kategorisierung von Vergangenheit und Zukunft hatte er schnell fallen lassen, also die Frage, wie lange er wohl noch so leben würde und was dann wäre. Eigentlich genauso, wie Friedel sich das immer gewünscht hatte, wenn sie von einem Leben im Moment gesprochen hatte.

Bald kannte er sich gut mit essbaren Pflanzen, Wurzeln und Rinden aus. Deren Namen waren für ihn dabei vollkommen ohne Bedeutung. Brennnessel, Löwenzahn, Gänseblümchen, Klee dachte er natürlich immer noch, wenn er diese Pflanzen sah, die meisten aber, vor allem die neuen, merkte er sich mehr über den Geruch und die Konsistenz. Am liebsten war ihm ein Baumpilz, der, wenn man ihn erst mal entdeckt hatte, überall zu finden war und ein bisschen nach Hühnchen schmeckte. Natürlich durfte er sich nicht erwischen lassen, wenn er über Waldwege oder das freie Feld ging, aber das war ganz gut zu schaffen. Bisher hatte ihn nur die Katze in seinem Versteck ausfindig machen können. Er war ihr nicht mehr böse, und wenn sie auch kein klassisches Rudel waren, gab es doch eine Art von Verbindung, die sich nicht so leicht lösen ließ. Auf jeden Fall wusste er ihre Gaben jetzt besser zu schätzen und manchmal briet er sich das eine oder andere Tier auf einem Feuer.

Wenn er den richtigen Moment erwischte, und er verpasste diesen Moment nie, gab es auch etwas Warmes, Gekochtes für ihn. Der Tag, an dem die Glocken des Kirchturms so lange läuteten, war das Zeichen. Dann konnte er sich schon hinkauern, hinter den großen Steinen am Waldrand bei der Anhöhe, von wo er gerade noch die Plastiktür gut im Blick hatte. Er konnte nicht sagen, ob Ramona wusste, dass er sie beobachtete. Natürlich wusste sie es, aber sie ließ es sich nicht anmerken. Sie stellte die Plastikverpackung, meistens eine ausgespülte Eisschale, hinter den Zaun, sodass er sie ohne großes Aufsehen nehmen und wieder verschwinden konnte.

Das Essen war salzig und scharf von Gewürz. Das wusste er schon und ging danach immer zum Bach, um den Durst zu löschen, und dort gab es ja auch die fettesten Schnecken und Würmer. Er hatte gar nicht gewusst, wie nahrhaft und wohlschmeckend Schnecken und Würmer doch sein konnten, aber er spürte genau, dass er sich noch nie in seinem Leben, nicht bei seiner Mutter, nicht in der Stadt und nicht im Dorf so gut ernährt hatte.

Danach, also nach dem Essen, saß er oft stundenlang bei der kahlen Stelle und blickte hinunter ins Dorf. Er sah, wie sie tagein, tagaus ihre untoten Körper über die Gefilde schleppten. Wie sie morgens aufstanden, sich die Gesichter wuschen, sich die Haare kämmten, die aus ihren Köpfen wuchsen, und die Zähne in ihren Mündern mit kleinen Bürsten reinigten. Nur ganz wenige gingen noch einer richtigen Arbeit nach, alle anderen waren ferngesteuert und hatten dabei das sichere Gefühl, dass alles zwangsläufig genau so sein musste. Der Zwang war so stark, dass sie ihm nichts entgegenzusetzen hatten. Der Zwang, den Rasen zu mähen, die Hecken zu schneiden, zuckerhaltige Limonaden aus übergroßen Plastikbehältern zu saufen. Er sagte dem Wesen, dass es sich nicht aufregen sollte, dass alles gut war. Er wusste, dass es am liebsten hingegangen wäre und sie daran erinnert hätte, dass es da noch etwas gab. Es würde ihnen die Schaufel aus der Hand reißen und ihnen damit auf den Kopf hauen, auf ihre billigen Fransenfrisuren.

Du hast doch nicht wirklich geglaubt, dass ich Dir nicht mehr schreibe, oder Mama? Es gab einfach viel zu tun, aber heute darf ich Dir endlich verkünden: Ich bin Vater geworden. Und Du Oma. Unser Nachbar hat uns viel geholfen und das Haus ist endlich fertig. Alles ist praktisch und sauber und es erstrahlt in einem schönen Kirschrot.

Jaja, ich weiß, was Dich viel mehr interessiert: Die Kleine. Es ist ein Mädchen, und ich bin sicher, dass sie auch einen wunderschönen Namen hat. Ich habe es mir unsäglich kompliziert vorgestellt, Vater zu sein, aber wenn man es dann ist, ist es ganz einfach und das Natürlichste auf der Welt.

Wenn das Wetter schön war, wie auch an diesem Tag, stellten sie das Baby oft am Mittag raus. Erst dachte er, dass Marc der jungen Mutter nur ein bisschen behilflich war, ihr beim letzten Schliff der Innenausstattung unter die Arme greifen wollte. Bald wurde ihm aber klar, dass sie ein richtiges Paar geworden waren. Er musste zugeben, dass die beiden wirklich gut zusammenpassten. Im Grunde war es ein Wunder, dass das nicht schon viel früher so gekommen war. Wahrscheinlich hatte nur er dieser Entwicklung die ganze Zeit im Weg gestanden.

Das Haus, wie Denny es übergeben hatte, konnten sie natürlich so nicht lassen. Mächtig aufgeregt hatten sie sich, als sie sahen, was er mit dem Haus veranstaltet hatte. Über Wochen konnte er von der kahlen Stelle aus die kleinen Handwerkerbusse sehen und Marc, der dann geschäftig stolzierte und mit dem Finger irgendwo hinzeigte, als ob er auch nur das Geringste davon verstünde.

An schönen Tagen stand der Stubenwagen mit dem Baby draußen auf der Terrasse. Das war die einzige Chance für ihn, seiner Tochter zu begegnen. Dabei durfte er sich nur auf gar keinen Fall erwischen lassen. Wenn sie ihn jemals entdeckten, würden sie ihn aufspüren und wegbringen. Aber er ließ sich nicht erwischen. Das Kind freute sich, wenn es ihn sah, auch wenn er zur Sicherheit immer eine Maske aus Rinde aufhatte. Sie lächelte, fing an mit den Armen zu wedeln und wartete, bis sie die

Schnecken und Würmer bekam, die er ihr mitgebracht hatte. Man kann über die Gesellschaft denken, was man will, aber die kleinen Händchen eines Neugeborenen sind das Süßeste auf der Welt. Das Angsttier wollte, dass sie das Kind schon gleich jetzt mitnehmen, aber es war doch noch so klein. Jakob sagte, dass sie noch ein bisschen warten mussten und immer achtgeben, dass es was Gutes zu essen bekam. Bald würde es so weit sein.

Erste Auflage Berlin 2022
© 2022 MSB Matthes & Seitz Berlin
Verlagsgesellschaft mbH
Göhrener Str. 7, 10437 Berlin
info@matthes-seitz-berlin.de

Alle Rechte vorbehalten.

Umschlaggestaltung: Marion Wörle, Berlin
Satz: Monika Grucza-Nápoles, Berlin
Druck und Bindung: GGP Media GmbH, Pößneck
ISBN 978-3-7518-0060-0
www.matthes-seitz-berlin.de